*PRIX : **60** centimes.*

E. THIRION

MAMZELLE MISÈRE

PARIS

Ernest Flammarion, Éditeur

26, rue Racine, 26

MAMZELLE MISÈRE

ÉMILE COLIN, IMPRIMERIE DE LAGNY (S.-&-M.)

E. THIRION

Mamzelle

Misère

MÉDAILLÉ

LES DEUX CLOCHES

PARIS

ERNEST FLAMMARION, ÉDITEUR

26, RUE RACINE, 26

MAMZELLE MISÈRE

CHAPITRE PREMIER

UNE DISTRIBUTION DE PRIX

Chaque année, dans la première quinzaine d'août, Belleville-sur-Oise est en fête. C'est l'époque des distributions de prix dans toutes les écoles de la ville. Et il n'en manque pas. Non peut-être parce que la population est plus affamée d'instruction que partout ailleurs ; mais plutôt à cause de la concurrence que font les écoles congréganistes de tout degré aux écoles laïques municipales. Un collège de jésuites, un couvent de carmélites, une école de filles tenue par des sœurs de Saint-Joseph et l'école libre des frères Ignorantins s'efforcent par tous les moyens possibles d'attirer les enfants d'une population, au fond passablement sceptique, mais à qui l'espoir d'augmenter sa clientèle ou d'obtenir les

faveurs des dames du bureau de charité tient lieu
de convictions religieuses.

Quand vint le tour de l'école municipale des
filles — et ce fut la dernière — le maire de Belleville, M. Dumont de Porcquéricourt, fatigué probablement d'avoir présidé toutes les distributions
de prix des écoles congréganistes, avait délégué ses
pouvoirs à son second adjoint, le père Bellavoine,
comme ses administrés avaient l'habitude de l'appeler familièrement. Ancien maraîcher, enrichi
dans la culture du cresson, pas fier, généreux et
serviable, il était adoré de la population qui l'envoyait toujours le premier au Conseil municipal.
Quoiqu'il n'eût jamais hautement affirmé ses
opinions politiques, l'aristocratie locale le soupçon-
nait vaguement d'être républicain, mais cherchait à
exploiter sa popularité en lui donnant la troisième
place dans l'administration municipale.

La distribution des prix se faisait dans une grande
salle qui servait à tous les genres de cérémonies.
Salle de concert ou de spectacle, on y faisait des
réunions publiques pendant les périodes électorales ;
en été la Société d'horticulture y organisait ses modestes concours. Les draperies rouges, les écussons,
les trophées qu'on y avait prodigués pour la distribution des prix du collège avaient successivement
servi à toutes les autres, se détachant sur un fond
de feuillage, emprunté à la forêt voisine, mais séché
depuis une huitaine de jours, ce qui donnait une
note plutôt triste à l'ensemble de la décoration.

Au surplus, l'assemblée, peu nombreuse, ne brillait pas non plus par la richesse et l'élégance des toilettes. L'aristocratie de Belleville s'était réservée pour les écoles congréganistes, et, sauf les parents des jeunes filles, on ne voyait guère dans l'assistance que quelques démocrates avérés, tels que le docteur Thomas, sa femme et ses trois filles, qui, toutes successivement, s'étaient assises sur les bancs de l'école municipale, plus deux ou trois rentiers qui venaient là, non pour faire une manifestation politique, mais uniquement parce qu'ils trouvaient l'occasion de passer une après-midi assis et à couvert, sans qu'il leur en coûtât rien.

Le ventre ceint de son écharpe tricolore, le père Bellavoine s'assit au fauteuil présidentiel, plus souriant que solennel, flanqué de M. l'Inspecteur primaire, de deux ou trois délégués cantonaux consciencieux et d'un seul de ses collègues du Conseil municipal, ancien bonnetier récemment retiré des affaires, et qui n'avait su trouver d'autre moyen de plaire à tout le monde que d'assister avec exactitude à toutes les réunions publiques, religieuses ou démocratiques, laïques ou congréganistes, et d'applaudir indistinctement à ce qui s'y disait. En face de la petite estrade où figuraient les autorités, les élèves de l'école d'un côté et leurs familles de l'autre étaient groupés, remplissant bien juste la moitié de la salle. Un peu sur le côté, une table supportait les couronnes et les livres sous la surveillance des deux jeunes adjointes, tandis que Mlle Leroy, la directrice de l'école, assise devant son petit harmonium, s'apprêtait à ouvrir la séance en accompagnant, avec plus de bonne volonté que de maëstria, un chœur chanté par les plus grandes élèves.

Le chœur chanté, et applaudi énergiquement par toute l'assistance, le président se leva avec une décision qui aurait bien étonné ceux qui le savaient plus actif travailleur que discoureur éloquent. Mais, trompant à la fois les indifférents qui s'effrayaient à l'avance de l'ennui d'entendre un long discours, et les critiques qui s'apprêtaient à rire de son embarras, il prononça d'un air bonhomme quelques courtes phrases qu'il avait eu la précaution d'apprendre par cœur à l'avance :

« Mes chères enfants, je ne suis pas un orateur, vos parents le savent bien, eux qui me connaissent depuis longtemps. En conséquence, je ne vous ferai pas de discours, et je crois bien que vous n'en serez pas fâchées, puisque vous recevrez d'autant plus tôt les livres et les couronnes que vous avez méritées. Mais je ne peux pas m'empêcher de remercier au nom de l'Administration municipale vos bonnes maîtresses, et vous seriez vous-mêmes des ingrates si vous ne pensiez pas comme moi. Pour ce qui vous regarde, la meilleure manière de les remercier, c'est de profiter de votre mieux des leçons qu'elles vous donnent avec autant de science que de dévouement. C'est ce que je vous engage à faire dans le courant de l'année prochaine, à supposer que vous ne l'ayez pas déjà fait cette année. Et maintenant que j'ai fait le plus difficile de ma tâche de président, je m'empresse d'aborder le côté le plus agréable, en me préparant à vous couronner. »

Là-dessus, il s'assit d'un air aussi satisfait que s'il avait prononcé la plus longue et la plus éloquente des harangues, tandis que les assistants, en le voyant reprendre son fauteuil, et comprenant que son discours était fini, s'empressèrent de le saluer de leurs applaudissements frénétiques. Aussitôt, les plus jeunes fillettes, qui n'avaient pas encore eu le temps de s'endormir, témoignèrent unanimement leur satisfaction par un vigoureux trépignement de pieds et en claquant des mains de toutes leurs forces.

Malgré les efforts réunis de l'aristocratie locale et du clergé, l'école était nombreuse, grâce à la méthode, à la science et à l'activité bien connues de la directrice, et la proclamation des prix eût véritablement risqué d'être trop longue, si chaque élève n'avait pas été appelée à recevoir, en une seule fois, tous les prix et accessits qui lui étaient attribués. En effet, c'est une habitude invariable que tous les enfants obtiennent au moins un prix, sans quoi les parents ne manqueraient pas, à la rentrée, de les faire inscrire dans l'école rivale. C'est à peu près à cela que se bornent les bons effets de la concurrence. Et encore y a-t-il souvent des familles qui crient à l'injustice parce que leurs enfants remportent un plus petit paquet de livres que les autres.

On commença par les plus jeunes, sans doute parce qu'on supposait qu'elles se tiendraient plus tranquilles une fois qu'elles seraient en possession de leurs livres et de leurs couronnes. Ensuite vint le tour des moyennes. Puis enfin on aborda la proclamation des prix de la première classe. C'était la deuxième adjointe, Mlle Cornélie Bontemps, qui était chargée de la lecture du *Palmarès*, à cause sans doute de la belle voix de contralto dont elle était douée ; une grande et magnifique brune de vingt ans qui, depuis un an qu'elle était attachée à l'école de Belleville, avait révolutionné toute la jeunesse mâle de l'endroit. On prétendait même que les officiers célibataires de la garnison avaient essayé d'attirer sur eux son attention ; mais, vouée de cœur à l'enseignement, qu'elle considérait presque comme un apostolat, elle passait, fière et dédaigneuse, au milieu des soupirants, militaires ou civils, auxquels son attitude avait fini par inspirer un certain respect.

« Prix d'honneur, pour son travail, sa bonne conduite et ses progrès, Mlle Félicie Triquet. »

Aussitôt on vit se détacher du premier banc, celui où étaient assises les plus grandes élèves, une fillette d'environ treize ans, vêtue d'une robe blanche trop courte de la jupe et des manches, celle sans doute avec laquelle elle avait fait sa première communion l'année d'avant, portant pour tout ornement une large ceinture d'un noir déteint qui s'attachait par derrière avec un gros nœud fripé et

dont les bouts mal repassés descendaient lamen-
tablement sur ses talons ; ses cheveux fins et abon-
dants, d'un beau châtain à reflets mordorés, tom-
baient épars sur ses épaules, et, faute d'un peigne
fin pour les retenir, s'obstinaient à s'égarer sur sa
figure en mèches folles qu'elle était constamment
occupée à refouler derrière ses oreilles ; déjà assez
âgée pour avoir conscience de l'infériorité de sa
toilette, elle avança d'un pas incertain et d'un air
timide, avec une physionomie où la joie du triomphe
s'effaçait sous la crainte du ridicule ; une nuance
d'embarras, et presque de honte, assombrissait sa
figure aux traits fins, masquait sous ses paupières
obstinément baissées le regard ordinairement
joyeux et doux de deux grands yeux aux prunelles
d'un bleu sombre ; elle resta un moment indécise
et troublée, jusqu'à ce que sa maîtresse la prît par
la main pour la conduire au président qui devait la
couronner. Le père Bellavoine lui mit sur la tête la
belle couronne dorée, lui plaça entre les mains trois
gros livres magnifiquement reliés, et, avec sa bonne
humeur habituelle, lui releva les cheveux qui
flottaient sur ses joues pour y appliquer paternellement deux gros baisers. Mais, contrairement à
l'usage, le public n'applaudissait pas ; il semblait
même plus surpris que content ; des observations
s'échangeaient à demi-voix ; quelques-uns des assistants, probablement mieux renseignés que les
autres, donnaient à leurs voisins, sur la famille
Triquet, des détails qui les refroidissaient encore :

— Tiens! disait l'un, c'est Mamzelle Misère...

— La fille à Boit-sans-Soif...

— Justement.

— Ah! je sais; des pauvres diables qui demeurent dans les carrières.

Seuls, le docteur Thomas et ses enfants donnèrent le signal des applaudissements, et les camarades de Félicie les imitèrent. Age heureux, où les convenances mondaines ne dominent pas encore les sentiments!

Un quart d'heure après, la cérémonie était terminée, et les rues de Belleville s'emplissaient de groupes joyeux : en tête de chaque groupe marchait la fillette, la tête ornée de sa couronne, et, derrière, les parents l'escortaient d'un air triomphant, portant précieusement ses beaux livres à tranches dorées.

CHAPITRE DEUXIÈME

MAMZELLE MISÈRE

« Mamzelle Misère », c'était en effet le nom sous lequel la pauvre Félicie était connue, au moins dans le faubourg Saint-Victor. A peine avait-elle pu marcher toute seule qu'elle était, sous la direction de son frère Ernest, un peu plus âgé qu'elle, chargée d'aller sur la route, aussi loin que leurs petites jambes pouvaient les porter, ramasser à pleines mains le crottin que les chevaux laissaient tomber sur la chaussée. Dans les commencements de son installation dans la carrière, Triquet, pris d'un beau zèle, avait résolu de transformer en jardin la partie inculte du coteau qui dominait la caverne qui lui servait de maison. Vers la fin de l'hiver, il labourait son carré, y enfouissait le terreau ramassé pendant toute l'année par ses enfants, et y plantait quelques pommes de terre.

Mais, bientôt après, les chantiers se rouvraient. Une fois embauché par un entrepreneur de maçonnerie, il reprenait sa vie décousue, buvant la moitié de son salaire, et naturellement mal nourri avec ce qui en restait. Les pommes de terre étaient étouffées par les mauvaises herbes, et la récolte presque nulle; aussi avait-il fini par renoncer à sa culture; malgré cela, la mère continuait à envoyer machinalement ses deux aînés ramasser du crottin sur la route : peut-être pour ne pas les entendre crier la faim tout le long de la journée; peut-être aussi dans l'espoir que le père, au printemps, recommencerait sa culture, et que la récolte serait meilleure que précédemment.

Les enfants, de leur côté, aimaient tout autant ne pas rester à la maison; tout en rôdant, de côté et d'autre, parfois ils rencontraient quelque épave propre à apaiser leur estomac peu exigeant. Au mois de juin, en poussant jusqu'à l'entrée de la forêt, on avait la chance de trouver, dans un très jeune taillis, des fraises en assez grande quantité pour en rapporter à la maison, même après en avoir mangé tout son content. En septembre, c'étaient les mûrons qui mûrissaient, tout noirs, sur les lisières du bois, ou même les noisettes, quand le garde n'était pas en vue, où que les enfants du garde ne les avaient pas eux-mêmes récoltées.

Il y avait aussi, dans quelques chemins de traverse, des pommiers plantés en bordure; à l'heure où les charretiers étaient rentrés à la ferme pour dîner, Ernest et Félicie se glissaient le long des buissons et des laris, ramassaient les pommes véreuses, parfois même essayaient d'en faire tomber de saines à coups de pierres, et finissaient par emplir le panier au crottin de fruits à demi mûrs. On n'aurait pu les manger crus, tant ils étaient amers ; mais cuits dans l'eau, ou même sous la cendre, cela valait toujours mieux que du pain sec, et la mère Triquet ne leur reprochait pas, ce jour-là, de n'avoir pas rapporté de crottin.

Le plus souvent, Ernest et Félicie n'étaient pas seuls à entreprendre ces expéditions ; non seulement les enfants dont les parents habitaient les carrières voisines, mais parfois même ceux des maraîchers ou des ouvriers du faubourg, les jours de congé — sans compter les jours d'école buissonnière — s'assemblaient pour aller marauder dans la plaine ou dans la forêt. Les plus grands conduisaient les autres, les initiaient aux pratiques du maraudage, et les faisaient passer par les brèches des clôtures, par lesquelles ils auraient été eux-mêmes trop grands pour s'introduire.

Mais aucun d'entre eux n'avait l'aspect aussi misérable que les enfants du père Triquet. La paresse et la mauvaise santé de la mère, entretenues par la pénurie à laquelle l'ivrognerie du père condamnait toute la maison, n'étaient pas de nature à les entretenir en bon état, ni sous le rapport de la santé, ni sous le rapport de la toilette. Ils étaient pâles et maigres, et leurs habits, tout en loques, ne dissimulaient rien de cet aspect peu satisfaisant. Félicie surtout, avec ses cheveux plus longs, quoique aussi mal peignés, et qui n'avaient pas l'avantage de friser comme ceux d'Ernest, ce qui fait qu'ils ressemblaient à une botte de menue paille mal liée, Félicie ne laissait en rien présager la jolie fille qu'elle était destinée à devenir un jour. Son jupon, à peine rattaché au corsage par quelques bouts de ficelle, avait été taillé à même un vieux sac de rebut trouvé au coin d'une borne; le corsage, trop large et trop long, avait d'abord été porté par sa mère, s'ouvrait à différents endroits dans le dos, et s'effrangeait sur tous les bords.

Heureux sans doute de trouver quelqu'un de plus sale et de plus mal vêtu qu'eux-mêmes, les gamins qui composaient cette bande de maraudeurs l'avaient surnommée « Mamzelle Misère », et le nom lui en était resté, non seulement parmi eux, mais encore parmi les voisins qui ne l'entendaient guère appeler autrement. Ce n'était peut-être pas par méchanceté pure, et ils y mettaient plutôt un peu de pitié brutale; car son heureux caractère, son humeur égale et le regard de ses yeux doux la faisaient aimer de tout le monde.

Ce fut le docteur Thomas qui la tira de cette vie sauvage. C'était le médecin attitré de tous les miséreux de la ville; ils le savaient serviable et miséricordieux, et ne se gênaient pas pour l'appeler à propos d'un simple rhume ou de la moindre écorchure. Il aurait presque délaissé un malade riche pour aller donner ses soins à quelque pauvre diable, surtout quand il s'agissait d'une femme ou d'un enfant; car les hommes étaient le plus souvent malades d'avoir trop bu, et il était sans pitié pour les ivrognes. Parfois même, loin d'exiger le prix de ses visites, il laissait sur le coin d'une table une pièce de quarante sous, sur l'ordonnance qu'il venait d'écrire, pour payer les médicaments. Cependant, après s'être aperçu que les quarante sous servaient souvent à payer le mastroquet au lieu du pharmacien, il avait fini par s'entendre avec ce dernier; un signe convenu, placé au coin du papier, lui garantissait le paiement de sa note par le docteur lui-même.

Quand la femme de Triquet fut atteinte de sa première bronchite, prodrome de la phtisie qui devait l'emporter quelques années plus tard, il fut naturellement appelé auprès d'elle ; par sympathie peut-être, car il était généralement aimé des pauvres gens, mais par calcul surtout, tout le monde sachant qu'il n'envoyait jamais sa note, à la fin de l'année, qu'à ceux qui étaient notoirement en état de la payer. Il ne tarda pas à s'intéresser à ces deux enfants dont les haillons dissimulaient mal la gentillesse, et menaça de suspendre ses visites si on ne les envoyait pas à l'école; et, comme la mère arguait de l'impossibilité de les habiller assez proprement pour les y faire recevoir, il fit au Bureau de bienfaisance les démarches nécessaire pour leur faire obtenir des effets plus décents.

Ernest, par malheur, était déjà trop âgé pour se trouver rapidement au niveau de ses compagnons; il apprit péniblement à lire et à écrire, mais il échoua à l'examen du certificat d'études, et dès qu'il eut treize ans accomplis, il fut mis en apprentissage chez un peintre en bâtiments. On a vu que Félicie, plus jeune, avait mieux profité des leçons qu'elle avait reçues. Son intelligence s'était même si bien développée, que Mlle Leroy avait pensé en faire une institutrice; calme, réfléchie, elle enviait ses petites camarades, mais seulement pour les égaler; elle leur pardonnait volontiers d'être mieux habillées, si elle pouvait seulement devenir plus savante qu'elles; en plus des leçons de français, d'histoire et de calcul, elle suivait avec une sorte de passion les cours accessoires de morale, de couture et de ménage que Mlle Leroy se plaisait à mettre à la portée des plus grandes de ses élèves. Comme par une sorte de honte et de dégoût de la sordide habitation de ses parentes, elle rêvait secrètement, sans oser l'avouer à personne, de vivre dans une petite maison bien propre, meublée sans luxe peut-être, mais d'une façon confortable, et, gentiment vêtue elle-même, d'y entretenir un ménage où rien d'indispensable ne manquerait.

Hélas! il y avait terriblement loin de son rêve à la réalité!

CHAPITRE TROISIÈME

LE MÉNAGE D'UN POIVROT

Félicie sortit une des dernières. Personne de sa famille n'était dans l'assistance et ne l'attendait pour l'aider à rapporter triomphalement à la maison sa couronne et ses prix. Avant de partir, elle alla tranquillement prendre par la main sa petite sœur Amélie, âgée de sept ans, à peu près aussi mal fagotée qu'elle-même, mais trop jeune encore pour en être humiliée, et toute à la joie d'avoir eu, elle aussi, sa couronne et son livre. Elles allèrent toutes deux faire leur révérence à Mlle Leroy, et, se tenant par la main, prirent tranquillement la route du faubourg Saint-Victor où elles demeuraient.

Il fallait, tournant le dos à la rivière, remonter la grande rue, puis prendre à droite, et, après avoir passé devant la petite église Saint-Victor qui don-

naît son nom au quartier, marcher jusqu'aux collines qui bornaient la ville au Sud-Est. Avant de
franchir les collines, la rue, ou pour mieux dire le
chemin, car on n'y voyait pas de maisons, la rue les
longeait, bordée, d'un côté, de murs derrière lesquels s'étageaient des jardins, et, de l'autre, d'une
simple haie qui la séparait des marais garnis d'arti-
chauts depuis longtemps renommés sur le carreau
des Halles de Paris. Peu à peu, le chemin gagnait
la base des collines, et là commençaient à s'apercevoir les étranges habitations nommées « les Carrières », et dans l'une desquelles demeurait la
famille Triquet.

La base de la colline avait jadis été fouillée pour
en extraire la pierre à bâtir qui, comme on sait, est
abondante et renommée dans le département. Mais,
soit manque de fonds de l'exploitant, soit mauvaise
qualité des bancs qu'il avait rencontrés, l'entreprise
avait mal tourné. Un jour, un ouvrier carrier qui,
à force de ne pas payer ses propriétaires, avait acquis une si mauvaise réputation qu'il ne trouvait
plus à se loger nulle part, eut l'idée d'approprier à
l'usage de sa famille l'un des trous béants que les
tentatives d'exploitation y avaient laissés ; c'était une
espèce de caverne d'environ dix à douze mètres de
superficie ; un trou percé dans le sol supérieur figu-
rait une cheminée ; quelques moellons de rebuts
entassés sur la façade servaient de clôture ; une baie
pour la porte, et une autre simulant une fenêtre,
se fermaient tant bien que mal à l'aide de deux vo-

lets formés de vieilles planches à demi pourries trouvées dans des démolitions ; enfin le mobilier, composé à l'aide d'expédients semblables, était si misérable que le propriétaire du terrain, ni le percepteur des contributions, n'y auraient trouvé une garantie suffisante pour exiger le paiement d'une location, ou de l'impôt des portes et fenêtres.

Peu à peu, l'exemple avait été suivi ; ceux que la mauvaise chance parfois, ou, le plus souvent, la paresse et la débauche avaient réduits à la dernière misère avaient profité des autres cavernes, ou même en avaient grossièrement creusé de nouvelles, et la population du faubourg Saint-Victor s'était accrue, sans que les revenus de la ville se fussent augmentés.

C'était dans une de ces cavernes que logeait la famille Triquet. Dans sa jeunesse, le père, bon ouvrier maçon, gagnait facilement cent sous par jour ; mais sa femme faible et paresseuse, fatiguée d'ailleurs de couches successives, dont le retour trop fréquent altérait sa santé, n'avait pas su lui rendre son intérieur confortable, et Triquet, à peu près sûr de ne jamais trouver sa soupe prête quand il rentrait le soir, avait peu à peu pris l'habitude de s'attarder au cabaret, d'où il ne sortait que très tard, à moitié ivre pour le moins, et d'autant plus querelleur.

Une fois sur une pente semblable, on arrive rapidement à la vraie misère. La semaine, aux trois quarts bue d'avance, ne suffisait plus à alimenter la famille ; la femme, presque toujours nourrice, ne gagnait rien de son côté ; les enfants, anémiques, ne pouvaient résister à la maladie, et trois d'entre eux seulement avaient survécu ; la mère elle-même avait vu rapidement ses forces décroître au cours de cette vie de déceptions, de privations et de deuils successifs ; trois mois avant la distribution des prix, elle s'était éteinte, épuisée et désespérée, laissant à une enfant de treize ans la charge de gouverner la maison. C'était le deuil de leur mère que portaient Félicie et sa sœur avec ces larges rubans noirs et fanés sur leurs robes blanches.

Après un bon quart d'heure de marche, elles arrivèrent enfin à l'avant-dernière caverne qui leur servait de maison. Félicie était bien triste en songeant à la responsabilité qui lui incombait. Amélie — ou Lili, comme tout le monde l'appelait — avec l'heureuse insouciance de son âge, bavardait tout le long du chemin, contemplait avec joie son livre et sa couronne, et se montrait plutôt fière que jalouse de la couronne et des livres dorés de sa sœur.

La porte, ou les trois ais disjoints qui en tenaient lieu, était toute grande ouverte. Du reste, on ne la fermait jamais à clef, par la bonne raison qu'il n'y avait même pas de serrure ; c'est l'avantage, peu enviable à la vérité, de ceux qui ne possèdent rien, de n'avoir pas peur des voleurs ; en plus, chacun des membres de la famille pouvait ainsi, à toute heure du jour ou de la nuit, rentrer et sortir sans déranger personne. L'unique pièce était sombre, quoique éclairée par une vraie fenêtre que le pré-

cédent occupant avait installée dans une heure de
prospérité passagère. En face, une cheminée grossièrement creusée dans le roc montrait une vieille
marmite de fonte, unique ustensile de cuisine, dont
les trois pieds inégaux plongeaient dans un amas de
cendres refroidies ; un châlit en planches brutes,
garni d'une paillasse de fougère empruntée à la
forêt voisine, occupait la gauche de la cheminée ;
c'était le lit des parents, et, depuis la mort de la
mère, le fils aîné, Ernest, le partageait avec son
père ; les deux fillettes couchaient sur une paillasse
posée à même le sol, de l'autre côté de la cheminée.
Le reste du mobilier consistait en une table de bois
brut adossée à la paroi de droite, parce qu'elle
n'avait plus que trois pieds de solides, un banc pareil,
et, en face, une espèce de coffre qui servait à la fois
de buffet, d'armoire et de garde-manger.

De loin, les deux sœurs aperçurent leur frère
Ernest assis à côté de la porte sur un banc de pierre
dont le père Triquet, avant de tomber dans l'ivrognerie absolue, avait facilement trouvé les éléments
dans ce pays rempli de carrières. C'était un grand
garçon de seize ans, maigre mais assez robuste, au
teint mat, aux cheveux un peu frisés, vêtu d'une
blouse jadis blanche, aujourd'hui maculée de bleu, de
jaune et d'acajou, à quoi il était facile de reconnaître
un apprenti peintre. Coiffé d'une vieille casquette
sans visière et rabattue intentionnellement sur le
derrière de la tête, sans cravate, ce qui s'excusait
presque en plein été, et les pieds garnis de galoches

qui ne paraissaient pas avoir été cirées depuis qu'il les portait.

Ernest, nonchalamment accoté à la façade herbeuse de l'habitation, grillait une cigarette dont il semblait suivre amoureusement la fumée. Malgré son extérieur négligé, il n'était encore, probablement à cause de ses seize ans, qu'au seuil de la vie de paresse et de débauche qu'il semblait destiné à mener ; sa bouche, aux lèvres rouges un peu sensuelles, n'avait pas encore ce rictus amer et désenchanté que donnent le plus souvent quelques années de fainéantise et de vice ; ses yeux, clairs et limpides, annonçaient que, si déjà la débauche l'avait tenté, les mauvais exemples n'avaient pas encore réussi à l'y entraîner ; et même, quand il aperçut au loin ses deux sœurs rapportant au logis leurs prix et leurs couronnes, un sourire joyeux illumina ses prunelles. Il les aimait sincèrement, et particulièrement la plus jeune, Lili, qu'il avait plus d'une fois bercée, puis promenée et portée péniblement au retour, tandis que leur mère allaitait, tant bien que mal, l'enfant qui lui avait immédiatement succédé. Naturellement ce fut elle qu'il aperçut la première.

— Eh bien ! Lili, as-tu eu beaucoup de prix ?

— Oh ! oui, regarde plutôt. Mais c'est Félicie qui a une belle couronne ; toute en or !

— Mince alors ! Donnez-moi ça, que je les accroche au-dessus de la cheminée.

Et tout de suite grimpant sur le banc, il accrocha

les couronnes à un vieux clou rouillé, se recula de quelques pas, et dit avec conviction :

— N'empêche ! ça vous décore un peu la cambuse.

Pendant ce temps, Félicie, n'oubliant pas son rôle de ménagère, enleva sa robe blanche, puis celle de sa sœur, et les serra dans le coffre avec leurs grands rubans noirs. Puis, prenant deux vieux tabliers déteints qui étaient pendus derrière la porte, elles s'en revêtirent toutes deux.

— Sors les assiettes et les tasses, Lili ; je vais m'occuper de la soupe.

Les tasses, en terre de pipe et passablement ébréchées, servaient tour à tour pour le lait du matin, quand on pouvait s'en procurer, et de verres à boire aux autres repas. Avec trois ou quatre assiettes pareilles, une cruche où l'on puisait de l'eau à la prochaine cressonnière, indifféremment pour boire, laver la vaisselle et faire des ablutions, et quatre couverts en fer battu composaient toute la vaisselle ; le père et le fils avaient chacun leur couteau de poche, qu'ils prêtaient aux deux petites filles en cas de besoin absolu.

A l'aide de menu bois ramassé sur la route ou à l'entrée de la forêt, Félicie alluma le feu sous la marmite, et se mit à éplucher une demi-douzaine de grosses pommes de terre qu'elle avait trouvées dans un coin. Puis, fouillant jusqu'au fond du coffre, elle chercha quelque restant de graisse pour les assaisonner. Un profond découragement se peignait sur sa figure quand elle se releva.

— Je n'ai pourtant plus rien pour assaisonner les pommes de terre, dit-elle presque en pleurant. Comment papa va-t-il trouver la soupe ?

— Bah ! dit Ernest, c'est aujourd'hui lundi ; on aura chômé bien sûr à son chantier, et il est probable qu'il n'aura ni faim ni soif quand il arrivera.

— Tiens ! dit Lili ; mais j'ai faim et soif, moi, tu sais, Nénesse.

Puis, s'accrochant à lui, câline, et se haussant le plus qu'elle pouvait pour l'embrasser :

— Toi qui ne vas pas au cabaret, et qui es si gentil, donne moi quatre sous pour aller acheter du lard ; dis, veux-tu ?

— Quatre sous, c'est bientôt dit. Et mon tabac ?

— Oh ! pour régaler ta petite Lili ! Songe donc... des pommes de terre sans lard, le jour des prix...

Elle embrassa Ernest de plein cœur, et celui-ci, à demi souriant, à demi maussade, tira l'un après l'autre quatre sous de sa poche, et les lui donna.

Encore apprenti, il ne touchait que de temps en temps quelque pourboire, ou une petite gratification de son patron quand il avait réussi quelque ouvrage de débutant ; et il les ménageait avec soin pour renouveler sa provision de tabac, le seul vice qu'il eût contracté jusqu'alors. Mais il ne savait guère resister aux caresses de sa petite sœur, quoique passablement indifférent, il faut bien le dire, pour le reste de la famille.

Huit heures sonnaient au cadran de Saint-Victor, qui servait de pendule aux misérables habitants du faubourg, quand le père Triquet rentra à la maison. Son fils, fort au courant de ses habitudes, avait deviné juste. La plupart des ouvriers du chantier où il travaillait avaient fait le lundi, et, suivant l'expression consacrée, le père Triquet avait son compte ; conformément à l'habitude de certains ivrognes, et sans doute avec la pleine conscience de son état, jointe à un vif désir de le dissimuler, surtout devant ses enfants, il affectait une démarche lente et grave, presque imposée d'ailleurs par l'impossibilité où il eût été de conserver son équilibre en marchant plus vite. De plus, il avait, comme on dit le vin raisonneur ; très tolérant dans son état normal, l'ivresse lui inspirait des idées morales, et faisait naître en lui le désir de les inculquer à ceux dont il croyait avoir la responsabilité.

— Bonsoir, mes enfants, dit-il d'une voix pâteuse, en prenant son aplomb pour franchir, sans trébucher, le seuil inégal de la porte. Soyez toujours polis avec tout le monde, et vous serez considérés.

— Bonsoir papa, murmurèrent docilement les trois enfants, en se regardant l'un et l'autre avec inquiétude, comme pour s'interroger sur le degré d'ivresse où il paraissait parvenu.

— Je suppose, reprit-il quand il se fut solidement calé sur l'un des chambranles, que vous n'avez pas fainéanté pendant mon absence, et que le souper sera prêt.

— Oui papa, dit Félicie, et nous vous attendions pour nous mettre à table.

— Et la soupe sera bonne, ajouta Lili d'un air
content; Nénesse m'a donné quatre sous pour
acheter du lard.

— C'est bien, mon garçon, dit le père Triquet,
tendant vers son fils une main tremblotante, avec
tant d'insistance que celui-ci ne put se dispenser de
la saisir afin de la secouer.

Mais, aussitôt que l'ivrogne se sentit en possession d'un point d'appui passablement nécessaire, il
profita du bras de son fils pour s'avancer d'un pas
plus ferme vers la table, et prendre d'un air satisfait sa place habituelle au bout du banc le plus rap-
proché de la cheminée.

Félicie prit alors les tasses et les remplit de soupe
en puisant à même la marmite, pensant, avec
quelque apparence de raison, qu'elle aurait amplement le temps de refroidir si elle attendait que son
père les servît lui-même, comme il avait coutume
de le faire, en sa qualité de « maître de maison »,
quand il était dans son état normal.

Mais Ernest avait bien deviné que l'excès des apéritifs devrait lui enlever tout appétit. Au lieu de leur
donner, en attaquant la soupe, l'exemple qu'ils attendaient avec impatience, il éloigna la tasse posée
devant lui, appuya ses coudes sur la table et, les
yeux vaguement dirigés dans le vide, commença un
de ces sermons d'ivrogne qui, probablement, avaient,
dans sa pensée, le résultat de faire illusion à sa
famille sur l'état où il se trouvait.

— Mon fils, dit-il d'un air grave mais d'un ton

passablement assourdi, méfie-toi des mauvais exemples! Si j'avais écouté tantôt les camarades, dans quel état serais-je rentré à la maison? Qu'auraient pensé mes enfants de leur père? Je suis sûr que ce poivrot de Castagnet, qui ne sait jamais se retenir, n'a pas eu seulement la force de rentrer chez lui! Ernest, quand tu seras un homme, sois un homme... fort! Imite ton père, et arrête-toi toujours avant de tomber dans les excès...

Ensuite, il eut quelque temps l'air de chercher la suite de son discours, regarda l'un après l'autre chacun de ses enfants, longuement, en hochant lentement la tête, et enfin, la laissant retomber sur ses bras étendus, parut réfléchir profondément, tandis qu'en réalité il s'était endormi.

CHAPITRE QUATRIÈME

FÉLICIE REÇOIT UN BON CONSEIL

Comme on était en vacances, les deux sœurs restèrent à la maison. Félicie d'ailleurs avait obtenu son certificat d'études, et, comme le soin du ménage retombait exclusivement sur elle, il avait été décidé qu'elle ne retournerait plus à l'école. Non sans regret de la part de Mlle Leroy qui, à cause de son assiduité au travail, de son caractère tranquille, et d'une certaine facilité de compréhension qu'elle avait constatée chez elle, avait formé le projet de la faire entrer à l'Ecole normale, espérant que le père Bellavoine lui aurait fait obtenir une bourse du Conseil municipal. Mais, depuis la mort de sa mère, il ne pouvait plus en être question, Félicie devenant absolument nécessaire à la maison, pour tenir le ménage et surveiller sa petite sœur.

Elle se mit de très bon cœur à cette besogne.

Après avoir tant bien que mal approprié le logis et
lavé la vaisselle, elle allait avec Lili sur la lisière de
la forêt ramasser les brindilles et les menues
écorces, et même, profitant de l'indulgence d'un
vieux garde qui les avait prises en pitié, elles avançaient un peu jusqu'à la vente la plus prochaine, et
pouvaient parfois composer un petit fagot que l'aînée
rapportait sur son dos.

En face de leur caverne était la porte d'un grand
marais, à coté de laquelle stationnait tous les jours,
sur la fin de l'après-midi, la voiture que la jardi-
nière faisait remplir de légumes pour porter, le lendemain, sur l'un ou l'autre marché des environs.
Les deux fillettes avaient bien soin de se trouver là
à l'heure du chargement, s'offrant à donner un coup
de main dont on n'avait pas besoin, mais obtenant
la permission de ramasser les légumes de rebut qui
s'échappaient dans le trajet des hottes à la voiture.

Mais le menu de chaque repas était parfois bien
difficile à trouver. Le pain, à la vérité, ne manquait
pas, par suite d'un arrangement contracté, du vivant
de la mère Triquet, avec le boulanger. Celui-ci, tous
les samedis, présentait sa note au patron de Triquet,
et le montant en était déduit sur sa semaine. Par
malheur, cette déduction faite, il restait bien juste
de quoi payer le cabaretier, lequel refusait impitoya-
blement de verser quoi que ce fût à son client, avant
qu'il eût soldé tout ce qu'il avait pris à crédit la
semaine d'avant.

Les pommes de terre faisaient le fond du repas,

et encore ne pouvait-on en avoir sans les payer; ce
qui fait que, surtout les derniers jours de la semaine, il fallait bien se contenter de pain sec, arrosé de l'eau de la cressonnière. Heureusement,
au commencement de septembre, le patron d'Ernest
le trouva devenu assez habile pour se croire obligé
de lui accorder trente sous de fixe par jour, de peur
que quelqu'un de ses concurrents ne vînt à l'embau-
cher. Mais les trente sous ne passaient pas intégralement entre les mains de Félicie; d'abord il fallait
prélever dessus les trois ou quatre sous de tabac
dont l'habitude commençait à lui faire une nécessité; ensuite les vêtements s'usaient vite au contact
de l'eau seconde et des couleurs, et, à l'âge de
seize ans, un garçon aime déjà se montrer à son
avantage devant les jeunes filles; enfin l'exemple de
son père commençait à lui faire croire que l'eau
était contraire à la digestion, au moins chez les individus du sexe mâle, si bien que, entre le repas
et l'ouvrage, l'absorption d'un verre de vin lui apparaissait comme indispensable.

Mais Lili, gourmande, ou se faisant peut-être
plus gourmandé qu'elle ne l'était, obtenait presque
toujours de lui les quelques sous nécessaires pour
assaisonner, tant bien que mal, les pommes de terre
ou les feuilles de chou qui faisaient le fond de leur
cuisine; car le père Triquet avait, depuis longtemps, pris l'habitude de ne jamais se plaindre de
l'ordinaire, afin que la ménagère, quelle qu'elle fût,
ne songeât pas à lui demander de contribuer à son

amélioration, ce qui n'aurait pas manqué de diminuer d'autant la rente qu'il payait régulièrement
au cabaretier.

De son côté, Félicie s'applaudissait presque du
résultat. Le pain ne manquait pas, et on avait
presque toujours quelque chose à mettre dessus.
Elle n'avait pas le sentiment de quoi que ce fût de
mieux ; ou, si parfois elle se rappelait les leçons de
morale apprises à l'école, ou les récits, qu'elle avait
lus dans ses livres de prix, de maisons, même d'ouvriers, bien dirigées et dans lesquelles, grâce à
l'ordre et à l'économie, régnait une sorte d'abondance, elle voyait les éléments d'un semblable
succès se dérober, n'osant demander à son père de
changer ses habitudes au profit de ses enfants, et
trouvant peut-être tout naturel que son frère, en sa
qualité d'homme, adoptât insensiblement la même
manière de vivre.

Cependant les jours passaient, les vacances appro-
chaient de leur fin, et les soirées, déjà plus courtes,
annonçaient une nouvelle dépense, celle de l'éclai-
rage, nécessaire pour mettre à peu près en état les
vêtements de Lili quand elle allait rentrer à l'école.
Les soucis se succédaient, en s'accumulant ; le découragement la prenait, en présence de ces tâches
multiples qui lui paraissaient presque irréalisables.
Ce fut dans cet état d'esprit qu'elle vit arriver un
matin Mlle Leroy qui, quelques jours avant la rentrée, visitait les familles de ses élèves, sans doute
pour prévenir des défections fort à craindre, à cause

3

de là concurrence des écoles congréganistes et de la
faveur dont elles jouissaient auprès des notables de
la ville.

C'était justement un de ces jours, trop fréquents,
qu'on aurait pu, à bon droit, qualifier de jours de
jeûne. Le boucher, l'épicier et le charcutier refu-
saient délibérément tout crédit. Assise devant son
foyer qu'elle n'avait pas jugé à propos d'allumer,
n'ayant que du pain et de l'eau pour faire la soupe,
et pensant avec raison que, en les mangeant en
nature, elle ferait encore l'économie d'un peu de
bois ou de charbon, Félicie se sentait toute prête à
pleurer. Elle avait envoyé Lili au-devant de son
frère, espérant qu'elle obtiendrait de lui les deux
ou trois sous nécessaires pour mettre au moins un
peu de graisse dans la marmite, et Lili tardait tant
à revenir qu'elle ne savait qu'en penser.

Une ombre se dessina dans l'embrasure de la
porte, interceptant le jour, et elle se leva aussitôt,
croyant que c'était elle qui revenait. La vue de sa
maîtresse d'école la rasséréna un peu, tant elle
avait de confiance en elle.

— Eh bien ! dit Mlle Leroy, te voilà dans tes fonctions de ménagère. C'est pour le mieux. Je sais bien,
ma pauvre Félicie, que tu vas être si utile ici que tu
ne pourras plus suivre la classe. Heureusement encore
que tu as ton certificat d'études, et que la loi t'y autorise. Mais maintenant que te voilà devenue quelque
chose comme maîtresse de maison, je compte bien
que tu y enverras régulièrement ta petite sœur.

— Bien sûr, mademoiselle, répondit Félicie. D'ail-leurs, allez, je n'aurai pas beson d'elle pour m'aider ni au ménage ni à la cuisine !

— Comme tu me dis cela, ma fille ! On dirait que le découragement t'a déjà prise.

— Et il y a de quoi ! J'aurais bien voulu, comme vous nous l'avez dit si souvent, rendre la maison agréable à mon père et à mon frère ; mais comment faire s'ils ne me donnent pas d'argent ?

Mlle Leroy réfléchit un instant ; puis elle s'assit sur le banc, fit asseoir Félicie à côté d'elle, et se fit raconter comment les choses s'étaient passées depuis qu'elle avait pris, aux lieu et place de sa mère, le gouvernement de la maison : le pain à peu près assuré par le père, mais rien de plus, sauf les quelques sous que le frère lâchait parfois pour faire plaisir à Lili. Alors, prenant affectueusement la main de Félicie, elle lui dit :

— Vois-tu, mon enfant, il ne faut pas perdre cou-rage. Tu as de grands devoirs à remplir. Si ta mère vivait encore, je te dirais de penser d'abord à toi-même ; tu pourrais trouver de l'ouvrage, et proba-blement déjà gagner ta nourriture. Petit à petit même tu deviendrais plus habile, et tu ne tarderais pas à te suffire. Mais c'est à toi maintenant de faire ce qu'aurait fait ta mère si elle était là ; le bonheur de la famille est entre tes mains, et, quoique bien jeune, tu en es un peu responsable. Ton père... peut-être est-il malheureusement trop tard pour lui ; mais ton frère et ta petite sœur, tu peux beaucoup

pour eux ; à l'un il faut rendre la maison agréable,
pour qu'il ne soit pas tenté de chercher au dehors
des distractions coûteuses et malsaines ; l'autre, tu
peux en faire une femme instruite d'abord, et
ensuite lui donner l'exemple de la bonne et adroite
ménagère.

— Bien sûr, mademoiselle. C'est ce que vous
nous avez toujours dit, et je ne l'ai pas oublié. Vous
m'avez aussi appris à faire un peu de couture ; mais
il faut de l'argent pour tout cela, et à qui en demander ?

— Pas à ton père, je le comprends. Quand une
fois les hommes ont pris l'habitude du cabaret,
l'intérêt même de leur propre santé ne saurait la
leur faire perdre. C'est sur ton frère seulement que
tu peux agir ; il faut qu'il trouve à la maison le
nécessaire, au moins, afin qu'il ne soit pas tenté de
l'aller chercher ailleurs. Tu es bien jeune, et pourtant tu peux déjà faire beaucoup pour lui ; tu peux lui
faire prendre le goût de l'économie d'abord, et plus
tard même de l'épargne, afin d'en faire un ouvrier
sérieux, rangé, considéré de tous, et capable de
devenir un honorable père de famille. Nous autres
femmes, notre vrai rôle dans la société, c'est l'éducation, non seulement de nos enfants, quand nous
sommes mariées, mais encore de tous ceux qui
nous entourent et qui vivent dans la même maison.
Comprends-tu que nous avons là une mission, et
que nous pouvons à bon droit être fières, quand
nous l'avons bien remplie ?

— Oh! oui, mademoiselle! Mais c'est si difficile!
Je vous en prie, dites-moi comment il faut faire et
je tâcherai d'en venir à bout.

— Eh bien! voyons... tu ne peux rien demander
à ton père... ton frère ne peut pas te donner grand'-
chose... mais toi, tu peux travailler un peu ; ton
ménage et ta cuisine ne t'occupent pas toute la
journée... Ecoute! je parlerai pour toi au magasin
de lingerie de la grande rue ; la nièce de M. Bellavoine y est employée ; le docteur Thomas t'y
recommandera ; tu as assez bien appris à coudre à
nos cours du soir pour faire proprement des ourlets,
et même pour marquer les pièces ; en y consacrant
tout le temps que tu auras de libre, en laissant la
vaisselle à laver et la maison à balayer à ta petite
sœur qui n'est pas paresseuse, tu peux arriver à
gagner cinquante à soixante centimes par jour ;
n'en garde rien pour toi-même, et consacre tout
sans réserve aux repas... ton frère, content de
l'ordinaire, n'ira pas chercher des compensations
ailleurs... peut-être même, quand il aura pris goût
à ta cuisine, se laissera-t-il arracher, de temps à
autre, un peu de son argent de poche pour l'a-
méliorer encore. Essaie, ma bonne fille, et viens
bientôt me dire si tu as réussi.

— Oui, mademoiselle, j'essaierai. Et je vous remercie bien de votre bonté, ajouta-t-elle avec un
gros soupir.

Mlle Leroy la regarda un instant, puis elle se
mit à rire, et lui dit, en lui tapotant les joues :

— Je crois te comprendre. Tu es effrayée de la tâche sérieuse que je t'impose, et, sans t'en rendre compte peut-être, tu n'entrevois pas dans une vie pareille un peu de cette gaieté à laquelle on renonce difficilement à ton âge. Eh bien ! n'aie pas peur, Félicie ; l'existence d'une institutrice, à laquelle j'ai cru, un temps, que tu pourrais te consacrer, n'est pas bien gaie non plus ; mais il y a de belles compensations dans le sentiment du devoir accompli. Au premier succès que tu pourras constater, tu te sentiras si encouragée que le sacrifice te semblera déjà moins pénible. Allons ! ma bonne fille, embrasse-moi, et viens me voir lundi ; je te dirai si j'ai réussi à te faire avoir de l'ouvrage.

CHAPITRE CINQUIÈME

LA SAINT-CHARLEMAGNE DES PETITES FILLES

Tout alla comme Mlle Leroy l'avait espéré. Au magasin de lingerie, elle était très considérée, et le directeur avait la plus grande estime pour le docteur Thomas ; on donna volontiers de l'ouvrage à Félicie, et, comme elle s'en acquitta consciencieusement, elle ne tarda pas à réaliser les modestes gains que sa protectrice lui avait fait espérer. Grâce à cet appoint, joint à ce que cette gourmande de Lili obtenait fréquemment de son frère, l'ordinaire de la famille Triquet ne tarda pas à s'améliorer sensiblement. On voyait tous les jours sur la table un peu de viande, ou au moins du lard, au milieu du plat de légumes réglementaire. Le modeste fricot, assidument surveillé par Félicie qui, tout en causant, ne perdait pas de vue la marmite, était toujours cuit à point, jamais brulé, jamais

noyé dans une sauce fade ; et, n'eût été l'absence
sur la table de toute espèce de boisson fermentée,
Ernest et le père Triquet lui-même n'auraient rien
demandé de mieux.

Par malheur, quand le gosier de l'homme s'est
habitué à la saveur violente de l'alcool, tout lui
semble fade, ce qui était le cas du père ; et c'est ce
qui arrivait insensiblement au fils, dont le palais
n'était pas encore assez blasé pour ne pas apprécier
la cuisine de Félicie, mais qui déjà considérait un
verre de vin comme un digestif nécessaire. Au total,
il y avait dans le ménage une amélioration sensible,
et, comme l'avait prévu sa bonne maîtresse, la
jeune ménagère se sentait déjà un peu moins dé-
couragée.

Les choses marchèrent ainsi pendant quelque
temps, puis l'hiver arriva. Il fallait aller ramasser
le bois mort, et c'était autant de pris sur le temps
que Félicie pouvait consacrer à ses travaux de couture ; sa sœur, qu'elle envoyait régulièrement à
l'école, ne lui était d'aucun secours, sauf pour le
balayage et la vaisselle, dont elle s'occupait le
matin, sitôt levée, et le soir avant de se coucher.
De plus, les travaux du bâtiment cessèrent avec le
froid venu, et les peintres furent des premiers à
manquer d'ouvrage. Non seulement Ernest cessa
d'apporter son modeste contingent à l'ordinaire,
mais encore le père Triquet et lui, pendant les
longues journées d'oisiveté qu'ils étaient obligés de
passer au logis, s'ennuyaient et ne manquaient pas

de faire subir aux deux fillettes le contre-coup de leur mauvaise humeur.

Une circonstance vint encore aggraver cette situation. Lili, vers la fin de janvier, avait pris part à un véritable banquet offert aux élèves de l'école municipale des filles. Un jour, le père Bellavoine, en causant avec Mlle Leroy, lui avait demandé, sans y mettre de malice, pourquoi les filles ne fêtaient pas la Saint-Charlemagne, comme les garçons.

—Monsieur l'adjoint, répondit-elle, ce n'est pas l'usage, il est vrai ; mais rien n'empêcherait de le faire, si l'administration en faisait la dépense. Et même, ajouta-t-elle, en lui lançant un regard quelque peu malicieux, il suffirait que quelques amis des écoles s'entendissent ensemble pour cela.

— Hum !... murmura le père Bellavoine, qui se sentait pris au piège. Et qu'est-ce que vous croyez que ça pourrait bien coûter ?

— Mais peut-être pas si cher que vous vous l'imaginez. Tous les jeudis, je fais aux plus grandes un cours de ménage, et de cuisine, naturellement. Ce serait elles qui seraient chargées de la confection du menu. Mon père et moi, nous avons assez de vaisselle pour une vingtaine de couverts, et je trouverais aisément à emprunter le surplus. Un plat de viande, un entremets, quelques petits gâteaux et des oranges pour le dessert, il y en aurait bien assez pour régaler nos convives. On leur demanderait une petite somme, vingt-cinq cen-

times par exemple, par tête, ne fût-ce que pour
leur persuader qu'elles auront payé leur écot. Du
reste, des enfants de cet âge ne mangent pas encore
beaucoup, et je suis persuadée que cela ne coûterait pas plus du double. Seulement c'est là que
l'intervention généreuse de quelques amis de
l'école serait nécessaire...

Et en disant cela, elle continuait à regarder le
père Bellavoine d'une façon si drôle que celui-ci ne
put s'empêcher de rire.

— Ah! ah! ah! Vous n'aurez toujours pas besoin
de chercher des carottes pour mettre dans votre
fricot, Mlle Leroy; car en voilà une fameuse que
vous me tirez là. Eh bien! je crois que ça pourra
s'arranger tout de même. Je vais en parler au docteur Thomas, et, s'il veut s'en mêler, il trouvera
facilement dans sa clientèle deux ou trois louis pour
la Saint-Charlemagne des filles.

— Alors, reprit Mlle Leroy, toute joyeuse, rien
ne vous empêchera de leur donner à boire du vin.
Pas beaucoup, parce que ces petites têtes-là ne sont
pas bien fortes.

— Attendez donc, mademoiselle! Mieux que ça!
Et c'est moi qui m'en charge. L'an dernier, j'ai fait
une si belle récolte de pommes dans mon jardin du
faubourg, que je n'ai pas encore pu boire tout mon
cidre; il m'en reste encore quelques bouteilles que
j'ai été obligé de ficeler, sans quoi les bouchons seraient partis. Je les mets à votre disposition.

— Merci, monsieur l'adjoint. Mais alors, c'est bien

le moins que vous preniez votre part de notre banquet, et c'est vous qui le présiderez.

— Hum!... hum!... Eh bien, ma foi, tant pis!!
Et puis, au fait, M. le maire a bien présidé, l'an
dernier, là Saint-Charlemagne chez les Jésuites.

— Ça fera compensation, fit Mlle Leroy, en se pin-
çant les lèvres pour garder son sérieux.

Le jour dit, c'est-à-dire aux environs du 28 janvier,
— et naturellement on choisit un jeudi pour cela
— un banquet fut préparé dans la première classe ;
on enleva les pupitres, on recouvrit les tables rap-
prochées l'une de l'autre avec des nappes, et les
bancs reçurent les convives, sauf les autorités pour
lesquelles on avait descendu les plus beaux fauteuils
du salon de Mlle Leroy. Au milieu, siégeait le père
Bellavoine, en qualité de président; il avait la maîtresse d'école en face de lui; à sa droite et à sa
gauche, le père Thomas qui avait tenu à en être et
le père de Mlle Leroy qui avait prêté sa vaisselle
pour le service.

C'était un petit vieux, encore très actif, toujours
en mouvement, que l'on rencontrait aux quatre
coins de la ville dans la même journée, s'arrêtant
avec vous sous le moindre prétexte, et tirant aussitôt
de sa poche un grand mouchoir à carreaux bleus,
dont il s'essuyait continuellement le front, en se
plaignant de la fatigue qui l'accablait, ce qui ne
l'empêchait pas de repartir bientôt après, en trottinant sur ses jambes trop courtes et en balançant
son ventre trop gros.

Ancien expéditionnaire chez un notaire de Belleville, il s'intitulait volontiers *homme de plume*, et
se serait cru déshonoré si sa fille avait pris un
métier manuel, comme couturière ou repasseuse.
Quand la caisse d'épargne avait obtenu du ministère
l'autorisation d'employer sa réserve en construction
de maisons avec jardin pour les ouvriers, il avait
été choisi comme gérant de l'entreprise, et peut-
être était-ce le contraste entre la vie sédentaire qu'il
avait longtemps menée dans une étude de notaire,
et l'activité qu'il lui fallait déployer dans ses nouvelles fonctions, qui le mettait dans cet état de
transpiration perpétuelle.

Comme les locations étaient payées par semaine,
et qu'elles étaient assez lourdes pour ceux des occupants qui aspiraient à devenir propriétaires de
leur maison, il les visitait fréquemment; souvent
même, il touchait directement le loyer chez le patron
qui les employait, par suite d'un arrangement qu'il
suggérait à ceux dont l'économie n'était pas la
qualité dominante. Fils d'un jardinier, et quoique,
aussitôt sorti de l'école, il fût entré comme *saute-
ruisseau* dans l'étude d'un notaire, il se croyait
obligé de donner aux locataires des petites maisons
des conseils raisonnés sur la culture de leur jardin. Enfin, le terrain choisi par la Caisse d'épargne
pour ses constructions était à l'Est de la ville,
tandis que l'école où il demeurait avec sa fille,
était à l'Ouest; et c'est pourquoi on avait tant
d'occasions de le rencontrer, ici ou là, trottinant

et s'essuyant le front avec son mouchoir bleu.

Le repas fut très gai, et la cuisine très appréciée, quoique faite par des camarades ; il est vrai que c'était par les plus grandes, et que les autres les enviaient plutôt que de les jalouser, probablement parce qu'elles savaient bien que l'année d'après, ce serait à leur tour d'être *les grandes*. Au surplus, il était réellement très bon, peut-être tout simplement parce que Mlle Leroy n'avait pas perdu de vue les cuisinières improvisées. Il y avait des sardines et du saucisson avec du beurre frais ; ensuite fut servi un gros morceau de culotte de bœuf, braisé, avec une guirlande de pommes de terre sautées tout autour; enfin un énorme plat d'œufs à la neige apparut, aux applaudissements enthousiastes des plus petites qui n'avaient jamais vu, ni même rêvé, quelque chose d'aussi appétissant. Les gâteaux secs et les oranges constituaient déjà un dessert très suffisant, quand le père d'une des plus grandes élèves se présenta inopinément à la porte de la classe, portant sur une planche recouverte d'une serviette une gigantesque brioche dont la vue mit à son comble l'allégresse de l'assemblée. Boulanger de son état, il avait tenu à payer, à sa façon, l'écot de ses deux filles ; le père Bellavoine, dûment renseigné, s'empressa de l'inviter à prendre place à table, et à trinquer avec un verre de cidre mousseux.

En effet, le cidre de l'adjoint avait fait son apparition dès le commencement du repas. Les bouchons avaient sauté avec grand fracas, au milieu des cris

d'effroi et de satisfaction des convives. Le gaz anima
tous les petits cerveaux, et, dès avant le dessert, la
joie la plus franche éclatait dans leurs rangs.

Il y eut même un moment où Mlle Leroy ne
put se défendre de concevoir quelques inquiétudes ;
elle veilla d'un œil attentif au remplissage des verres,
et brusqua un peu la fin du repas en invitant les
plus grandes élèves à chanter ou à réciter les morceaux qui avaient eu le plus de succès à la dernière
distribution des prix.

Vaines précautions ! Les congréganistes ne man-
quèrent pas de répéter partout qu'on grisait outra-
geusement les petites filles dans l'école laïque ; un
membre de la municipalité ne craignait même pas
d'encourager par sa présence ces immoralités. Par
contre, les petites filles se racontaient entre elles le
plaisir qu'elles avaient eu, les bonnes choses qu'elles
avaient bues et mangées, et toutes celles qui fré-
quentaient l'école congréganiste tourmentaient
sans relâche leur famille pour se faire inscrire à
l'école de Mlle Leroy.

Lili Triquet, en ce qui la concernait, était rentrée
à la maison dans un état d'enthousiasme inexpri-
mable, peut-être même assez excitée pour donner
prise à la calomnie. Jamais elle n'avait vu, ni même
rêvé, un festin pareil ! Jamais elle ne s'était tant
amusée ! Jamais elle n'avait mangé et bu de si
bonnes choses ! Et c'étaient les élèves de l'école qui
avaient fait toute la cuisine ; à preuve que c'était
elle-même qui avait épluché les pommes de terre !

Pour un peu, elle était prête à affirmer que c'était pour cela qu'elles étaient si bonnes.

Le souvenir de cette ripaille lui resta longtemps dans l'esprit. Il n'y avait pas de jour qu'elle n'en parlât. Câline, elle montait sur les genoux de son frère, recommençant la description du fameux déjeuner, rappelant successivement les sardines, le rosbif, les bons petits gâteaux, et riant encore au souvenir du bruit que faisait le cidre en chassant son bouchon ; enfin, elle passait ses deux petits bras autour du cou d'Ernest, l'embrassait sur les deux joues, et lui demandait quand il recommencerait à travailler, parce qu'alors il pourrait, tous les dimanches, lui faire faire un festin pareil.

Ernest n'était pas si vieux que l'idée de faire, en famille, un bon dîner ne lui semblât très attrayante ; et il aimait si franchement sa petite Lili qu'il était tout prêt à sacrifier une bonne part de son argent — quand il en gagnerait — pour la contenter. Mais on était encore en plein hiver ; les travaux du bâtiment étaient suspendus en grande partie, et le père Triquet, qui était maçon, passait, comme lui, la plupart de ses journées à la maison. Tous deux assis auprès de la cheminée, où le feu, par économie, couvait sous les cendres, l'un tout blanc de plâtre et l'autre tout barbouillé de brun et de vert, ils attendaient mélancoliquement la soupe que Félicie, malgré son travail continu, ne leur servait le plus souvent que bien maigre.

CHAPITRE SIXIÈME

ERNEST DEVIENT AMOUREUX

Enfin mars revint, ramenant le printemps. Les travaux reprirent petit à petit; mais il faut généralement, à cette époque, liquider les dettes contractées pendant le chômage, ce qui fait que le père Triquet fut, pendant quelques semaines, un peu plus sobre que d'habitude. Ernest, au contraire, semblait vouloir, à son tour, aborder la vie décousue dont il n'avait que trop d'exemples autour de lui. En somme, le ménage de Félicie ne s'améliorait pas.

Cependant, les ressources de la famille auraient dû augmenter. La journée d'Ernest avait été portée à deux francs, et ne pouvait que prendre très rapidement un accroissement sensible. Il allait atteindre ses dix-sept ans et montrait déjà, quand il le voulait bien, une certaine habileté professionnelle. Mais

un singulier changement se faisait dans son caractère et dans ses habitudes. Le soir, après souper,
il sortait et ne rentrait même qu'assez tard ; de plus,
il aurait vainement voulu dissimuler cet écart de
conduite à sa famille, vu que presque toujours son
retour était assez bruyant, soit parce que le manque
de lumière l'empêchait de se diriger, soit plutôt
parce qu'il ne se sentait pas en parfait équilibre.

Le pauvre garçon traversait une crise qui allait
probablement décider de sa vie tout entière. Il était
amoureux, et amoureux sans espoir. Faute de distractions intellectuelles, auxquelles, il faut bien le
dire, ni son instruction ni l'éducation de la famille
ne l'avaient guère préparé, il cherchait, comme bien
d'autres, l'oubli de ses déceptions dans l'étourdissement que procurent l'alcool et le jeu. Les initiateurs
ne lui avaient malheureusement pas manqué à cette
vie malsaine, et il lui avait suffi de céder aux en-
traînements auxquels il avait jusqu'alors à peu près
résisté.

Voilà comment la chose lui était arrivée. Les
jeunes gens, apprentis, ouvriers, clercs ou employés,
avaient l'habitude, à Belleville, de se cotiser vers la
fin de l'hiver, pour donner un bal auquel ils invi-
taient les jeunes filles. Cette année-là, au sortir du
Carême, le bal annuel avait eu lieu, et Ernest y
avait assisté pour la première fois. Inutile de dire
que la pauvre Félicie, qui consacrait tous ses modestes gains à l'alimentation de la famille, n'avait
pas pu s'acheter la toilette nécessaire pour que son

4

frère l'y conduisît, comme il avait le droit de le
faire; et, en réalité, il s'y en trouva quelques-unes
qui n'étaient pas plus vieilles qu'elle, et qui ne man-
quèrent pas de danseurs.

Parmi elles, Ernest en retrouva une qu'il connaissait un peu, parce qu'elle avait fréquenté la
même école que ses deux sœurs. C'était une charmante blonde, d'environ quinze ans, au teint écla-
tant, à la taille déjà formée, et dont les yeux, d'un
bleu noir, pétillaient de gaieté. Elle était accompa-
gnée de son frère, de quelque deux ans plus âgé
qu'elle, qui était clerc de notaire, et de son père,
un grand gaillard grisonnant, à l'air rébarbatif, qui
ne l'aurait certes pas laissé aller au bal sans lui.
Par une convention tacite, les jeunes filles avaient le
droit de se faire accompagner par quelqu'un de leur
famille.

M. Hérisson — et ceux qui ne l'aimaient pas
prétendaient qu'il n'avait pas volé son nom —
était une espèce de bourgeois. Simple teneur de
livres dans le plus grand magasin de Belleville, aux
appointements de douze cents francs, il avait trouvé
le moyen d'élever sa famille et de se rendre propriétaire de la petite maison qu'il habitait. Il est vrai
que sa femme travaillait de son côté; mais son ménage et ses enfants, la cuisine et les savonnages lui
laissaient si peu de temps de libre que ses gains per-
sonnels n'avaient jamais apporté qu'un faible appoint
aux ressources communes.

Quand Mme Hérisson avait eu son second enfant,

son mari avait conçu l'idée ambitieuse de devenir propriétaire ; peut-être même est-ce pour cela qu'ils n'en eurent point d'autre, ce qui n'aurait pas manqué de déranger leurs calculs d'économie. La Caisse d'épargne, dont son patron était administrateur, avait acquis un assez vaste terrain, à l'entrée de la ville, mais du côté opposé à la gare du chemin de fer, afin de le payer moins cher. En fait, c'était presque à l'entrée de la plaine, mais attenant à des usines dont on espérait avoir les principaux ouvriers pour locataires. Là, on avait construit de petites maisons, accolées l'une à l'autre quatre par quatre, mais pourvues chacune d'un jardin de sept à huit cents mètres de superficie.

Hérisson avait été un des premiers locataires. Il y avait de cela quinze ans, et, à force d'économie et de bonne administration, il était sur le point de devenir propriétaire de sa maison. Pour cela, il lui avait fallu payer un loyer double, c'est-à-dire de deux cent quarante francs par an, au lieu de cent vingt francs que payaient les simples locataires. Avec cent francs par mois d'appointements, cela n'était guère facile, et la famille n'avait pas, comme on dit, mangé des ortolans tous les jours. En effet, Hérisson ne se faisait pas des journées de quatre à cinq francs, comme le font les moindres ouvriers d'état ; mais il n'avait pas de chômages, et les cent francs arrivaient régulièrement à la fin de chaque mois.

Tous les dimanches et jours de fête, le matin et le soir en été, il travaillait à son jardin qui ne tarda pas à lui fournir presque tous les légumes nécessaires dans son ménage. Et, en plus, il gagna à cet exercice au grand air, succédant à ses longues journées de bureau, une santé robuste et inaltérable. Ses enfants même, dans cette habitation aérée où ils vivaient à l'aise, au lieu d'être entassés comme dans les logements de ville, échappèrent à presque toutes les petites épidémies ordinaires au jeune âge, ce qui ne laissa pas de diminuer les dépenses.

Bientôt, un voisin qui élevait des abeilles l'initia à l'art de l'apiculture. Tout au fond de son jardin, Hérisson plaça des ruches, sema autour des plantes à fleurs mellifères, et, l'hiver suivant, commença à récolter du miel. On s'habitua, dans la famille, à substituer l'usage du miel à celui du sucre ; il vint même un temps où la récolte dépassa les besoins de la maison, et le surplus produisit, sous forme d'hydromel, la boisson nécessaire à la consommation du ménage. Mme Hérisson, qui était une espèce de sauvage, ne fréquentant personne, allant, le dimanche, à la messe de huit heures pour ne pas être obligée de se mettre en toilette, l'avait parfaitement secondé dans ses plans économiques ; elle tâchait de suffire à tout avec les produits du jardin, et Dieu sait ce qu'on récoltait dans le petit carré de terre qui avoisinait la maison !

Au fond étaient les ruches. A l'entrée, un parc entouré de treillage contenait une demi-douzaine de poules, dont les œufs formaient un appoint capital à l'ordinaire de la famille. Sous un hangar

en planches adossé au pignon de la maison, quatre
ou cinq vieux tonneaux défoncés contenaient chacun
une famille de lapins qui passaient successivement
dans la marmite, dès qu'ils avaient atteint la taille
réglementaire.

Mais aussi le jardin était constamment couvert
de quelque récolte ; un carré était consacré aux
pommes de terre qui, aussitôt arrachées, faisaient
place à des carottes que l'on n'enlevait qu'en hiver,
pour les lapins ; il y en avait un autre destiné à
produire de l'orge pour les poules, puis une navette
ou un trèfle incarnat qui fournissaient successivement des fleurs pour les abeilles et de l'herbe pour
les lapins ; les salades, les choux, les haricots se par-
tageaient le reste du terrain, échelonnés ou entre-
mêlés savamment, pour que le sol ne demeurât
jamais sans produire quelque chose.

La mère avait pris tellement à cœur le gouvernement de sa maison et de son jardin, sauf les gros
ouvrages que le père était chargé de faire, qu'elle
avait fini par renoncer à toute espèce de sortie, ce
qui lui constituait en plus une économie de toilettes.
C'était M. Hérisson qui représentait la famille au
dehors, surtout depuis que, propriétaire de sa maison, il se croyait en droit de se donner un peu de
bon temps. C'était lui qui, revêtu de sa redingote
neuve — elle datait de quelque cinq ou six ans,
mais, comme il ne la mettait pas souvent, elle avait
conservé quelque chose de son lustre primitif, —
c'était lui qui avait conduit sa fille Julie au bal. Pen-

dant ce temps, Mme Hérisson faisait des confitures d'abricot, avec une couple de potirons qu'elle était parvenue à conserver tout l'hiver.

Pendant les premières heures, il ne s'ennuya pas trop. D'abord, il connaissait à peu près tous les assistants, recevait d'eux avec modestie les marques de considération que lui valaient sa conduite privée et sa qualité de propriétaire, et se plaisait à prodiguer des conseils, même à ceux qui ne lui en demandaient pas. Mais il ne tarda pas à concevoir quelques inquiétudes en voyant qu'Ernest dansait très fréquemment avec sa fille. Dans les petites villes, tout le monde se connaît, et, même parmi les pauvres gens, il se constitue des espèces de castes que le respect humain empêche de se mêler les unes avec les autres.

Certes le père Hérisson n'était pas un aristocrate! Quoique « homme de plume », il se rendait bien compte du peu de distance qu'il pouvait y avoir entre un petit employé à douze cents francs et un ouvrier d'état qui pouvait, s'il était habile, en gagner le double. Mais voir sa fille danser avec un membre de la famille Triquet, le propre frère de *Mamzelle Misère*, cela dépassait les limites permises, et l'égalité avait beau être inscrite dans la constitution du peuple français, tout le monde devait reconnaître qu'un poivrot de maçon, logeant dans une caverne, ne pouvait pas être considéré comme l'égal d'un employé de commerce qui habitait un immeuble de briques et moellons dont il était propriétaire !

Le pire était que cette étourdie de Julie n'avait seulement pas l'air de comprendre qu'elle se compromettait en se familiarisant ainsi avec un jeune homme « d'une classe inférieure ». Elle semblait même se plaire dans sa société : sa jolie figure rose était toute rayonnante ; elle se laissait si volontiers entraîner par son cavalier que quelques mèches folles de ses cheveux dorés commençaient à s'éparpiller sur son cou, ou à lui retomber devant les yeux.

Ernest, de son côté, semblait, en galopant, la serrer contre lui plus qu'il n'était nécessaire ; quand ils s'arrêtaient tous d'eux, ils paraissaient s'engager dans une conversation si intéressante que les autres étaient obligés de leur crier que c'était à leur tour de partir ; quand il ne dansait pas avec elle, il n'en invitait pas une autre, mais restait avec la « galerie », et visiblement la suivait dans tous ses mouvements sans la perdre de vue. Bien sûr qu'il n'était pas mal de sa personne : grand, élancé, avec des cheveux bruns qui frisaient naturellement, et même assez convenablement vêtu d'un pantalon et d'une redingote noirs qui lui allaient bien, et qui ne semblaient pas défraîchis du tout. Ce qui n'avait rien de surprenant du reste, vu qu'il les avait, la veille même du bal, achetés à tant par mois, à la succursale du « Bon Génie ».

Le bal était encore loin de sa fin, quand le père Hérisson, n'y tenant plus, déclara à sa fille qu'il était fatigué, qu'il avait mal à la tête, et qu'il fallait

rentrer à la maison. Julie s'amusait beaucoup, et serait bien volontiers restée jusqu'au jour ; mais, dans
sa famille, on n'était pas habitué à discuter les
ordres du père ; la mère, la première, donnait à
tous l'exemple de la déférence ; elle obéit donc en
silence, mais non sans regret, et, aussitôt couchée
et endormie, elle rêva qu'elle était restée jusqu'à la
fin du bal, qu'elle avait même dansé le cotillon final
avec ce petit brun frisé d'Ernest Triquet, et qu'elle
s'était tant amusée qu'elle ne se sentait pas fatiguée
du tout.

Le lendemain étant un dimanche, sa mère, après
l'avoir emmenée à la messe du matin, la fit se déshabiller pour travailler au jardin. Sauf le garçon,
Victor, qui était clerc chez un notaire de Clermont,
et qui ne venait voir ses parents qu'une fois par
mois, par économie, toute la famille s'employa consciencieusement à la plantation des pommes de terre ;
Julie, dans la cave, les égermait, la mère les montait et les portait au père qui, la bêche en main,
faisait les pochets et y plaçait les tubercules. Malheureuse combinaison, grâce à laquelle Julie ignora que
son danseur de la nuit précédente, toujours vêtu de
sa redingote neuve et d'un chapeau gris à ruban
rose, faisait les cent pas derrière la haie qui séparait
le jardin de la rue, dans l'espoir toujours déçu de la
voir, et peut-être même de lui parler.

Depuis ce jour, en quelque endroit de la ville
qu'il travaillât, Ernest s'arrangeait toujours, en
quittant son chantier, pour passer devant la maison

de M. Hérisson ; heureusement elle n'était pas trop loin de son faubourg, et il pouvait toujours être rentré, à peu près, pour l'heure du souper. Triste souper du reste, auquel ni lui ni son père ne contribuaient désormais, l'un parce que le cabaret absorbait ses faibles ressources, l'autre parce que presque tout le produit de son travail était régulièrement consacré à sa toilette.

La pauvre Félicie se désolait. Ses gains suffisaient à peine pour empêcher la famille de vivre exclusivement de pain sec et d'eau claire. Sa seule consolation — si toutefois c'en était une — était que le fils, pas plus que le père, ne faisaient la moindre attention à ce qu'elle leur donnait à manger. Ni à la quantité, ni à la qualité. Ils apportaient en effet à la table de famille l'indifférence de l'homme qui s'est préalablement rempli l'estomac d'apéritifs, lesquels, comme on sait, sont très improprement dénommés ; car, s'il est douteux qu'un seul augmente l'appétit, il est avéré que trois ou quatre le suppriment radicalement.

CHAPITRE SEPTIÈME

FÉLICIE EST PROMUE CHEF DE FAMILLE

Cette année-là, les constructions se multiplièrent à Belleville. Outre une caserne dont le conseil municipal avait décidé l'édification pour loger un régiment de cavalerie, nombre de maisons se transformèrent, s'augmentant d'une écurie aux dépens du jardin, dans le but de les louer à des officiers. Ernest changea encore une fois de patron, ayant été embauché à raison de quatre francs par jour chez l'entrepreneur qui avait soumissionné les travaux de la caserne.

Du coup, Félicie s'attendait à le voir participer aux dépenses du ménage; mais les amoureux ne réfléchissent pas beaucoup, et celui-là pas plus que les autres. Au lieu de songer à améliorer l'ordinaire de la famille, il se promit de consacrer le prix de ses journées à sa toilette, afin de se rendre si séduisant

que Julie, quand il l'aurait enfin retrouvée, fût irré-
vocablement fascinée.

Précisément, vers ce temps-là, l'occasion vainement cherchée parut devoir se rencontrer. Julie,
après deux ans d'apprentissage, était restée comme
ouvrière chez la même patronne, Mme Parcival, la
propre couturière de la coquette Mlle de Gratepanse.
Tous les matins, sauf le dimanche, dès sept heures
en été et huit heures en hiver, elle allait à son atelier, détail ignoré d'Ernest, mais qui, au surplus, ne
lui aurait servi à rien, attendu que lui-même, à la
même heure, devait être rendu à son chantier ou chez
son patron.

Mais le terrain acquis par la ville pour y construire
la caserne était précisément dans le même quartier
que le groupe de maisons ouvrières dont celle de
M. Hérisson faisait partie. Quand les travaux de peinture commencèrent, dès les premiers jours Ernest
se croisa avec Julie. D'abord ce fut un profond salut,
que la jeune fille rendit en rougissant. Le troisième
ou le quatrième jour, Ernest s'enhardit un peu et fit
mine de traverser la rue pour l'aborder. Enfin, quelques jours après, Julie, involontairement ou non,
s'était arrêtée à regarder les étoffes à travers la
devanture d'un magasin de nouveautés, juste au
moment où Ernest passait à la même hauteur, de
l'autre côté de la rue ; si bien qu'il n'eut qu'à la traverser pour se trouver à côté d'elle.

Quand on a dansé ensemble presque toute une
nuit, on n'est pas absolument des étrangers l'un pour

l'autre ; il n'y avait rien que de très naturel à ce que
le jeune homme s'enquît de la santé de la demoiselle,
à ce que la demoiselle ne pût s'empêcher de rougir
très fort en lui répondant, et à ce qu'enfin, par le
plus grand des hasards, ils se trouvassent tous les
jours, l'un et l'autre, exactement à la même heure,
au même endroit. Ils en arrivèrent même assez rapidement, et sans cependant s'être entendus ensemble,
à se rencontrer devant le magasin de nouveautés dix
minutes plus tôt, afin d'avoir le temps d'échanger
quelques phrases sans risquer d'arriver en retard au
chantier ou à l'atelier.

Cependant, Félicie sentait le découragement l'envahir de plus en plus. Non seulement le père Triquet
continuait à boire tout ce qu'il gagnait, mais Ernest,
qui gagnait maintenant de bonnes journées, et sur
l'aide duquel elle avait cru pouvoir compter, ne parlait pas d'apporter sa quote-part à la dépense de la
maison, et la laissait continuer à pourvoir à tout —
sauf bien entendu le boulanger que le père Triquet
payait bien malgré lui — avec les cinquante ou
soixante centimes qu'elle parvenait à gagner en tra-
vaillant avec acharnement.

Par bonheur son frère lui fournit un jour l'occasion de s'expliquer avec lui. D'abord il avait la figure
plus ouverte et le caractère plus gai depuis quelque
temps ; de plus, l'appétit semblait lui revenir, et, à
souper, il jetait, de temps à autre, sur la table des
regards inquiets, comme s'il regrettait de la trouver
si mal garnie. Cela venait tout simplement de ce que,

dans ses conversations journalières avec Julie, il n'avait pas tardé à apprendre à quelle heure elle sortait de son atelier, et s'était aussitôt arrangé de façon à la rencontrer désormais aussi bien le soir que le matin. Son caractère y avait gagné, d'une part, et de l'autre, son appétit également, parce qu'il employait en conversations agréables l'heure qu'il consacrait auparavant à absorber des « consolations ».

Ce retour de l'appétit d'Ernest, et l'espèce d'inquiétude qu'il recommençait à manifester au sujet du menu des repas, servirent de prétexte à Félicie pour entamer avec lui une négociation que, par timidité ou par crainte d'insuccès, elle ajournait depuis longtemps. Tout plein du sentiment nouveau qui l'avait envahi, il ne songea pas à dissimuler les dépenses exagérées qu'il avait faites pour sa toilette, les engagements qu'il avait pris pour y faire face, et termina sa harangue par un dithyrambe enflammé, destiné à faire comprendre à sa sœur l'impression que lui avaient faite les attraits de Mlle Hérisson, et la résolution qu'il avait prise avec lui-même de l'épouser ou de mourir ! Ce qui fit d'abord ouvrir des yeux énormes à la pauvre fille, qui n'avait pas encore eu l'occasion de réfléchir sur ce sujet.

Tout d'abord, elle en conclut qu'il n'y avait plus à espérer la coopération d'Ernest aux dépenses du ménage ; pour un autre motif, à la vérité, que leur père, il consacrerait tous ses gains à la satisfaction de ses goûts particuliers, et les beaux plans qu'elle avait conçus, ou que Mlle Leroy lui avait suggérés, s'en allaient à la dérive. Lasse de lutter sans succès pour s'élever, ainsi que son frère et sa sœur, au-dessus de la condition misérable où ils étaient nés, elle résolut, du moins, avant de tout abandonner, d'aller encore une fois consulter sa maîtresse d'école.

Celle-ci la reçut très bien, à son ordinaire, écouta patiemment ses doléances, et ne put s'empêcher de sourire quand elle lui expliqua, en rougissant beaucoup, qu'Ernest, devenu amoureux, était résolu à consacrer désormais tout le produit de son travail à embellir sa personne, dans l'espoir de mieux séduire l'objet de sa passion. Puis elle congédia Félicie, en lui promettant seulement de réfléchir mûrement à cette affaire avant de lui donner un conseil.

En réalité la respectable demoiselle — on pouvait légitimement la traiter ainsi, non pas tant à cause de son âge qu'en raison de sa conduite exempte de tout reproche — n'était pas précisément très experte dans les choses de sentiment ; elle se faisait difficilement une idée de l'intensité que la passion pouvait acquérir dans les cœurs, surtout quand il s'agissait d'aussi jeunes gens qu'Ernest et Julie. Elle se disait même que tout devait dépendre des parents de la jeune fille, et qu'il n'y aurait à s'occuper de leur avenir que si ceux-ci consentaient d'avance à les unir, quand ils seraient assez âgés pour cela.

C'était assez bien raisonné, en ce sens que, si on pouvait garantir à Ernest la réalisation de son désir à une époque convenable, c'est-à-dire quand la jeune fille approcherait de ses vingt ans et que lui-même aurait accompli son service militaire, ce serait l'occasion de lui faire comprendre la nécessité de l'économie, dans le but de préparer son entrée en ménage, et, en attendant, de mettre le propre ménage de son père dans un état un peu plus respectable qu'il ne l'était pour le moment. Et, en effet, elle ne tarda pas à apprendre que le manque de « respectabilité » d'une famille qui demeurait dans une « caverne », comme des sauvages, allait être l'argument principal dont se servirait M. Hérisson pour décliner tout engagement.

Arrivée à ce point de ses réflexions, elle aperçut son père qui se dirigeait vers l'école à grands pas, en essuyant, à son ordinaire, son front inondé de sueur avec son mouchoir à carreaux. Elle se hâta de lui approcher une chaise et de lui verser un verre de cidre. Enfin, quand elle le jugea suffisamment remis de ses fatigues imaginaires, elle lui exposa par le menu la situation, telle que Félicie la lui avait dépeinte.

— Eh bien ! répondit-il aussitôt, oubliant du coup qu'il venait de se dire à bout de forces, il faut d'abord s'assurer des intentions du père Hérisson. Je le connais bien, puisque c'est un de nos premiers locataires. Il vient même de terminer ses versements, et le voilà maintenant propriétaire de sa maison. Une fois l'affaire conclue, il sera facile de persuader au jeune homme qu'il faut qu'il donne régulièrement un peu d'argent à sa sœur pour le ménage.

— Alors, chargez-vous en, puisque vous le connaissez, répondit Mlle Leroy.

— Le plus sûr, c'est encore d'y aller tout de suite, car je le trouverai rentrant de son magasin.

Et, sans plus penser à la fatigue (il n'y pensait jamais que quand les choses étaient faites), le brave petit père Leroy traversa d'un pas alerte toute la ville pour aller accomplir la mission diplomatique dont il s'était chargé. Il trouva, comme il l'avait prévu, M. Hérisson revenu de son magasin, déjà revêtu du vieux tricot qu'il mettait pour travailler, afin de ménager sa redingote. Comme il faisait nuit, il n'avait rien à faire au jardin, mais il s'apprêtait à nettoyer sa graine de navette, afin de l'avoir toute prête pour la semer au printemps. Mme Hérisson était dans sa cuisine, en train de préparer la soupe aux navets destinée au repas du soir. Julie n'était pas encore rentrée ; au surplus depuis quelques jours elle rentrait plus tard que d'habitude ; on pouvait supposer que l'ouvrage pressait à son atelier, mais ses rencontres quotidiennes avec Ernest y étaient bien aussi pour quelque chose.

— Tiens, monsieur Leroy ! dit le père Hérisson. Quel bon vent vous amène ?

Et cela était dit d'un ton beaucoup plus dégagé, et peut-être même plus affable qu'autrefois, quand la visite du père Leroy avait pour but de toucher un terme échu. Mis en demeure de s'expliquer, mais pensant que ce qu'il avait à dire demandait un peu de préparation, ce dernier crut devoir user de diplomatie.

— Je passais dans votre quartier, dit-il, et il m'a

semblé qu'il y avait longtemps que je ne vous avais
vu...

— Vous êtes bien bon. D'ailleurs, vous savez,
nous avons toujours du plaisir à vous voir, surtout...

— Surtout depuis que je ne viens plus pour vous
demander de l'argent.

— Ma foi ! oui.

Et tous deux se mirent à rire à l'unisson, trouvant
sans doute que c'était là une fameuse plaisanterie.

— Tout le monde va bien chez vous ? demanda
Leroy de plus en plus diplomate.

— Très bien ; je vous remercie.

— Je ne vois pas votre charmante fille. Est-ce
qu'elle n'est pas encore rentrée ?

— Non, pas encore. Vous aviez peut-être quelque
chose à lui dire ? ajouta Hérisson d'un air malin.

— Hé ! hé ! dites donc, je suis veuf, et la voilà déjà
bonne à marier.

— Par exemple ! C'est tout juste si elle a seize
ans.

— Ces choses-là s'arrangent parfois d'avance entre
les parents. Surtout quand les jeunes gens se plai-
sent. Ne dit-on pas qu'au dernier bal de Pâques, il
y avait un joli garçon qui n'a voulu danser qu'avec
elle ?

— Tiens ! vous savez ça, dit l'autre redevenu sou-
cieux. On l'a donc remarqué, pour que quelqu'un
vous l'ait dit ? Eh bien ! alors j'ai bien fait d'y mettre
ordre tout de suite.

— Vous avez raison ; ils sont encore trop jeunes.

Mais quand le garçon aura fait son service militaire... c'est un bon ouvrier, qui fera son chemin dans sa partie, et...

— Ah! çà, décidément, monsieur Leroy, est-ce que vous êtes chargé de me parler pour lui, ou si ce n'est qu'une simple conversation?

— Chargé de parler pour lui?... non bien sûr, pas positivement. Mais je connais sa famille... ses sœurs ont été à l'école de ma fille...

— Bon, bon. Et le père, s'il vous plaît, qu'est-ce que vous en dites?

— Le père est ce qu'il est, mais les enfants...

— Les enfants, ils ont un joli exemple. Et un fameux logement hein? une caverne, comme les sauvages de Robinson Crusoë. Non, non, monsieur Leroy; ma fille pourra bien n'épouser qu'un ouvrier. Nous ne sommes pas fiers, et nous n'en rougirions pas. Après tout, elle-même n'est qu'une ouvrière. Mais ce sera un ouvrier rangé, qui aura une famille honnête et un logement décent. Je ne demande pas qu'il soit propriétaire, comme moi; je ne l'étais pas moi-même quand je me suis marié; mais au moins qu'il travaille déjà pour le devenir un jour. Vous pouvez dire ça à ceux qui vous envoient!

Le père Leroy eut beau dire que personne ne l'avait envoyé, et qu'il avait parlé en l'air, sans intention précise, M. Hérisson garda jusqu'au bout sa contenance froide et réservée. Le souvenir lui revenait des familiarités d'Ernest et de Julie pendant le bal, et une méfiance instinctive lui faisait déjà craindre que le mal ne fût plus grand qu'il ne l'avait supposé.

Son interlocuteur, de son côté, sentait qu'il s'était aventuré sur un mauvais terrain, et qu'il était prudent de battre en retraite. Ce qu'il fit assez rapidement, après avoir vainement essayé de persuader au père de Julie qu'il ne fallait pas attacher d'importance à ce qu'il avait dit, vu qu'il ne savait seulement pas si les jeunes gens se connaissaient, et que peut-être bien tout ce qu'on lui avait dit du bal n'était que des inventions.

Mais, tout de même, il rentra assez penaud chez sa fille, et, après s'être fait tirer l'oreille, finit par lui avouer que sa tentative n'avait pas réussi. Le père Hérisson, du haut de son orgueil de propriétaire, repoussait avec mépris l'idée d'une alliance avec une famille qui demeurait dans une caverne. C'était ce qui l'avait le plus frappé dans les arguments de son adversaire, peut-être à cause de l'importance qu'il paraissait attacher à ce détail.

Le père et la fille, tout en dînant le soir, en compagnie des deux petites adjointes frétillantes et rieuses qui prenaient pension chez la directrice de l'école, et dont la société lui faisait oublier sa vie un peu vide de célibataire, se communiquèrent leurs réflexions, et furent bien obligés de reconnaître que la solution de l'affaire leur semblait décidément plus difficile qu'ils ne l'avaient pensé. Heureusement, Leroy, toutes les fois qu'il se trouvait embarrassé, avait pris l'habitude de consulter le père Bel-

lavoine qui était un des directeurs de la Compagnie
des habitations à bon marché, et avec lequel, à ce
titre, il avait des relations presque quotidiennes.
Une fois de plus, celui-ci lui donna un bon conseil.

CHAPITRE HUITIÈME

LE PLAN DU PÈRE BELLAVOINE

Parmi les maisons que la Compagnie avait fait construire à l'extrémité du faubourg, il y en avait une qui avait été occupée, depuis plusieurs années, par une famille d'ouvriers dont le père venait de mourir. Ses versements annuels n'avaient pas été continués pendant assez longtemps pour que la propriété lui en fût acquise. Conformément à son contrat, la Compagnie remboursa à la veuve les sommes afférentes à l'acquisition, tout en conservant le reste des versements à titre de loyer, et sauf la mise à l'état de neuf de l'immeuble. Avec ce qui lui revenait, la veuve ouvrit un petit magasin de mercerie, et la Compagnie eut une maison disponible pour un nouveau locataire.

C'est là-dessus que le père Bellavoine échafauda son plan. La famille Triquet s'installerait dans la maison. Ernest donnerait ainsi la preuve d'un ferme propos d'imiter M. Hérisson, ce qui ne pourrait pas manquer, à la longue, de détruire les fâcheuses préventions de ce dernier. Enfin, le voisinage établirait entre les deux familles des habitudes de familiarité favorables à l'union future des deux jeunes gens. Dans ces conditions, il ne devrait pas être difficile d'obtenir le consentement du fils. Quant au père, il valait peut-être mieux ne pas s'en préoccuper, l'expérience ayant appris qu'il était à peu près impossible de corriger un vieil ivrogne.

Restait l'exécution de ce plan. Mlle Leroy se chargeait de convertir Félicie, ajoutant que ce ne serait pas difficile. Quant à Ernest, qui était le rouage le plus important de la combinaison, on pouvait compter un peu sur les câlineries de sa petite sœur, mais il faudrait sans doute des raisons toutes personnelles pour le décider, et un personnage d'importance pour les lui exposer congrûment. En vertu de quoi, ce fut le père Bellavoine lui-même qui fut chargé de cette négociation difficile.

On était arrivé à la fin du mois d'avril. M. Hérisson avait pris, à son magasin, le service d'été, qui le faisait rester une heure plus tard à son bureau, et il en profitait, n'ayant qu'un léger détour à faire, pour aller prendre sa fille à son atelier d'où ils revenaient ensemble à la maison. Il n'apercevait pas, tout du long de la grande rue du faubourg, un jeune peintre qui les escortait de loin, d'un air déconfit, et auquel sa fille, chaque fois qu'elle pouvait le faire sans danger d'être aperçue, lançait de côté un regard inquiet. Le brave homme ne l'avait pourtant pas fait exprès, mais les deux jeunes gens le croyaient, et cela suffisait pour leur inspirer la plus grande circonspection, en même temps qu'une crainte salutaire.

Il y avait déjà près d'une semaine que ce manège durait. Ernest se dépitait, ne sachant trop comment s'y prendre pour parler à Julie, craignant que le père ne le fît exprès d'accompagner sa fille matin et soir, et se désespérant de voir interrompus des rendez-vous auxquels il s'était habitué si volontiers. C'est dans cet état d'esprit qu'il se trouvait certain dimanche matin, quand il arriva chez Mlle Leroy, qui lui avait fait dire par Félicie qu'elle avait besoin de lui parler pour une affaire d'importance.

Il se demandait bien, tout en y allant, ce que la maîtresse d'école pouvait avoir à lui dire, mais comme cela ne pouvait évidemment intéresser que l'une ou l'autre de ses deux sœurs, il ne s'en tourmentait guère. Il fut donc passablement surpris de trouver chez elle MM. Leroy et Bellavoine, gravement assis et paraissant l'attendre, car ils l'invitèrent aussitôt à s'asseoir sur une chaise libre en face d'eux. Mais, dès les premiers mots qui furent prononcés, il rougit fortement et parut porter un grand intérêt à la communication qui lui fut faite.

Le père Bellavoine, qui ne manquait pas de

finesse, avait en effet abordé son sujet d'une façon
assez habile :

— Vois-tu, mon garçon... (il avait l'habitude de
tutoyer tout le monde, excepté ceux qu'il ne pouvait guère s'empêcher de considérer comme ses supérieurs), te voilà presque à âge d'homme, et ta
sœur Félicie te suit de près. Si vous voulez, dans
quelques années, vous marier, il faudrait penser
d'avance à vous mettre en état de faire honneur à
la famille dans laquelle vous voudrez entrer.

Comme la phrase était un peu longue, M. Leroy,
sans doute par sympathie, se sentit déjà fatigué, et
tira son mouchoir à carreaux pour s'essuyer le front.
Ernest dressa la tête, se demandant avec inquiétude
si on n'avait pas déjà remarqué ses entrevues avec
Julie.

— Suppose, continua le père Bellavoine, que vous
en soyez là, ta sœur ou toi, et qu'on vienne pour
arranger les affaires avec ton père. Le vois-tu recevant les parents du jeune homme ou de la demoiselle dans le logis qu'il a pris à même une ancienne
carrière?

Involontairement, Ernest baissa la tête. Il n'avait
pas encore envisagé la chose à ce point de vue, et
ne se dissimulait pas que l'aspect de leur logis élémentaire serait bien capable de refroidir le père de
Julie, qui était si fier d'avoir une vraie maison à lui.

— Eh bien! continua le père Bellavoine qui ne le
perdait pas de vue, et qui s'était bien aperçu que
son argumentation avait frappé juste, il faut s'y

prendre d'avance, car un ouvrier ne peut pas faire de grosses économies, et il faut du temps pour devenir propriétaire, comme le père Hérisson, par exemple.

A ce nom, Ernest leva vivement les yeux sur son interlocuteur. Mais celui-ci était un fin diplomate, et son air indifférent le rassura.

— Mais en s'y prenant de bonne heure, et pendant qu'on n'a pas de charges de famille à supporter, on est sûr d'arriver, même avant lui, à cette situation honorable... et surtout d'inspirer, en attendant, plus de confiance à ceux qui ont du travail à donner, ou même des filles à marier.

Encore un coup d'œil inquiet d'Ernest. Mais le père Bellavoine regardait d'un air indifférent le plafond de la chambre.

— A vous deux, ton père et toi, il vous serait facile de prélever, sur vos journées, la location d'une de ces petites maisons, avec jardin, que nous faisons construire pour les ouvriers économes. Avec une bonne petite ménagère comme ta sœur, vous y vivriez économiquement, et sainement.

— Mais, monsieur Bellavoine, dit timidement le pauvre Ernest qui ne voyait encore que les difficultés de l'opération, il faudrait d'abord acheter des meubles.

— Sûrement, mais dans le magasin où travaille le père Hérisson, on peut les acheter à crédit, en s'engageant à payer tant par mois...

Ernest rougit une seconde fois en entendant

nommer le père de Julie ; mais, en même temps, il ne put s'empêcher de penser que cette opération commerciale le présenterait sous un jour favorable aux yeux de celui de qui dépendait son bonheur. Aussi répondit-il avec assez d'empressement :

— Ah ! pour ce qui est de moi, je ne demande pas mieux. Mais... papa... dame !

— Veux-tu un bon conseil, mon garçon ? dit le père Bellavoine. N'en parle pas à ton père, au moins au point de vue de la dépense. Demande-lui seulement son autorisation, puisque tu n'es pas majeur. Plus tard, quand il aura pris de nouvelles habitudes, plus confortables et auxquelles il tiendra d'autant plus sans doute, il sera temps... Quant à toi, qui n'as pas encore contracté les vices qui empêchent tant d'ouvriers de faire des économies, tu peux t'engager ; et tu verras ! tu t'attacheras à la maison, comme tant d'autres, et tu finiras par vouloir en devenir propriétaire.

Ernest était encore indécis, probablement effrayé de la somme qu'il lui faudrait prélever sur ses journées ; le père Bellavoine, de plus en plus diplomate, ajouta, sans avoir l'air d'y toucher :

— Je te montrerai la petite maison. Elle a été remise à neuf tout récemment. C'est auprès de celle du père Hérisson.

C'était le dernier coup. La tentation était trop forte. Il fut convenu qu'on irait tout de suite visiter la maison, qu'Ernest et ses sœurs emploieraient la semaine à décider leur père, et que, s'ils avaient réussi, le dimanche suivant, on signerait l'acte. Le père Leroy allait toujours préparer les deux doubles comme il convenait.

L'école, comme on sait, et le groupe des « habitations à bon marché » sont aux deux extrémités opposées de la ville, mais la ville n'est pas grande, et un bon quart d'heure leur suffit pour la traverser. Le père Leroy en fut quitte pour s'essuyer le front avec acharnement aussitôt qu'ils furent arrivés.

Là, à cent mètres à peine de celui de M. Hérisson, ils firent entrer Ernest dans un beau petit jardin où quelques fleurs vivaces commençaient à s'épanouir ; les carrés étaient vides, puisque les précédents occupants étaient partis avant le printemps, mais deux beaux pruniers et un pommier déjà assez gros montraient encore quelques fleurs. La maison venait d'être remise à neuf ; les deux pièces du rez-de-chaussée, une cuisine et une grande chambre récemment peintes à l'huile, reluisaient et reflétaient les rayons d'un beau soleil d'avril. Au-dessus, il y avait un grand grenier et une petite chambre mansardée. Enfin une cave, à laquelle on accédait par une porte extérieure, occupait plus de la moitié de la maison sous la grande chambre. Ernest ouvrait de grands yeux, comparant involontairement cette habitation commode, propre et gaie avec la caverne sale, humide et obscure où sa famille demeurait.

— Hein ! dit M. Leroy, aussitôt qu'il eut repris haleine, est-ce assez reluisant ? Et le jardin ! Il est encore temps d'y planter des pommes de terre, et le pommier a donné six minots de fruits l'an dernier.

— Vous serez tous plus à l'aise et plus sainement que dans votre carrière, ajouta le père Bellavoine. Et il ne vous en coûtera pas cher : dix francs par mois. Parce que, vois-tu, mon garçon, il faut d'abord la prendre en location, surtout si ton père ne contribue pas à la dépense. Plus tard, quand ton service militaire sera accompli, et que tu te marieras — si le cœur t'en dit, ajouta-t-il avec une pointe de malice — en payant vingt francs par mois, tu pourras devenir propriétaire en quinze ans.

Ernest les écoutait attentivement, mais pourtant il n'en avait pas l'air. Préoccupé du voisinage de la maison Hérisson, il ne pouvait guère s'empêcher d'avoir presque toujours les yeux tournés de ce côté, et de se demander quelle attitude il lui faudrait prendre s'il venait à rencontrer ensemble le père et la fille. Mais, au fond, sa résolution était déjà prise, et il lui semblait bien qu'aucun sacrifice ne lui coûterait pour pouvoir s'installer si près d'eux, et dans une maison aussi belle que la leur.

Il restait à décider le père Triquet; car ils étaient tous trop jeunes pour pouvoir s'engager, et c'était lui seul qui devait signer l'acte, même si les loyers devaient être exclusivement payés par ses enfants. C'était une difficulté à laquelle on n'avait pas encore songé, et qu'il n'était que temps de surmonter. En revenant, Ernest et ses deux graves conseillers y réfléchirent longuement; d'après les renseignements qu'il leur donna, il fut convenu que l'affaire se ferait le dimanche suivant, de bonne heure, c'est-à-dire avant que le père Triquet eût absorbé le moindre verre de n'importe quoi.

En effet, de son naturel, il était très doux et très accommodant; mais l'usage habituel de l'alcool avait affaibli son système nerveux, qui ne réagissait plus que sous cette influence factice. Il en résultait que, à jeun, il n'avait plus ni volonté, ni résistance, et même le mouvement et le travail lui était pénibles; dès qu'il avait bu, il redevenait à peu près maître de ses mouvements, mais, par contre, il ne supportait aucune contradiction, et n'en voulait plus faire qu'à sa tête.

CHAPITRE NEUVIÈME

OU IL EST QUESTION DE DIFFÉRENTES SORTES
DE RÉVEILLE-MATIN

Pendant toute la semaine, les trois enfants du père Triquet, connaissant son caractère et ses habitudes, guettèrent un moment favorable pour le préparer à l'exécution du plan qui devait changer, du tout au tout, leurs conditions d'existence. Mais, le matin, Ernest était obligé de partir de bonne heure et Félicie n'aurait jamais osé aborder toute seule une conversation aussi grave; le soir, mis au point par l'absorption successive de plusieurs apéritifs, il avait un air si résolu et si dominateur que les conjurés se regardaient l'un l'autre, intimidés et découragés, sentant que le moment aurait été des plus mal choisis pour lui imposer une idée tant soit peu contraire à sa volonté.

Le temps s'écoula dans ces irrésolutions, et le

dimanche matin arriva sans que rien eût pu être
fait pour préparer le grand changement qui avait
été résolu le dimanche d'avant. Néanmoins, les
divers acteurs du drame se levèrent ce jour-là avec
la résolution de mettre, coûte que coute, le plan
convenu à exécution. Comme il est d'ordinaire,
chacun de son côté procéda à l'absorption du « petit
déjeuner ». M. Leroy engouffrait lentement et consciencieusement une énorme tasse de café au lait,
préparée par sa fille, et préalablement transfor-
mée, par l'addition d'un demi-kilo de pain émietté,
en une bouillie épaisse au milieu de laquelle la
cuillère aurait tenu debout ; le père Bellavoine trempait méthodiquement de longues rôties de pain de
seigle dans un grand verre de cidre mousseux ;
Félicie et Lili avaient à se partager un sou de lait,
qu'il leur fallut allonger d'eau et relever avec du sel,
parce que leur frère, trop inquiet du résultat de la
grande affaire pour perdre son père de vue, leur
avait déclaré qu'il déjeunerait à la maison ; quant
au père Triquet, comme il ne savait pas au juste où
retrouver « les copains » pour aller « tuer le ver »
avec eux, il ne se pressait pas de sortir, et se laissait
aller à cet engourdissement matinal auquel sont en
proie les ivrognes d'habitude, tant qu'ils n'ont pas
repris « du poil de la bête ».

Il était encore là quand les deux principaux conjurés arrivèrent : M. Leroy portant ses paperasses
sous le bras, dans un grand portefeuille ; le père
Bellavoine, drapé dans une longue redingote à la

propriétaire, ses deux mains enfouies dans les poches, de l'une desquelles émergeait le col d'une bouteille au cachet d'un rouge éblouissant. Dès qu'ils pénétrèrent dans l'unique pièce de l'habitation, le père Triquet, qui semblait somnoler au coin de la cheminée, ouvrit lentement ses yeux qui se fixèrent aussitôt sur ce cachet rouge, dont l'aspect semblait un assez sûr garant de la qualité de la liqueur contenue dans le flacon.

— Bonjour, père Triquet, lui dit délibérément l'adjoint. On dirait que vous n'avez pas encore « tué le ver » ce matin.

— Non, monsieur, balbutia l'autre, flatté, mais intimidé à la fois, par cette visite d'une des autorités de la ville.

— Eh bien ! il faut venir avec nous. Nous avons quelque chose à vous faire voir. Et, par la même occasion, nous viderons une vieille fiole que j'ai là dans ma poche.

C'était vraiment le seul moyen de tirer quelque chose du père Triquet, dans l'état de faiblesse et d'indécision qui le caractérisait quand il était à jeun. Aussi se leva-t-il de son banc boiteux avec une précipitation que ne faisaient guère présager son regard morne et son affaissement. Pourtant il ne voulait probablement pas se déranger sans être sûr de ce qui lui en reviendrait, et il balbutia sans faire encore un pas en avant :

— Mais... Messieurs... pourrait-on savoir...

— Ce que nous voulons ? Bien entendu vous allez

le savoir, et avant qu'il soit longtemps. Mais les affaires se traitent généralement le verre en main...

— Toujours! interrompit le père Triquet, d'un ton beaucoup plus résolu.

— Et c'est ce que nous allons faire, avant dix minutes d'ici, si vous voulez nous accompagner.

Avec une perspective comme celle que lui promettait la bouteille au cachet rouge, on aurait entraîné le père Triquet à l'autre bout de la ville. Il ne fit donc plus aucune objection, enfonça sur sa tête sa vieille casquette blanchie de plâtre, et d'un pas à la vérité assez mal affermi, s'efforça de rattraper le tentateur qui avait déjà franchi le seuil de la porte. Ernest, qui décidément avait hâte de se voir installé dans le proche voisinage de sa bonne amie, prit le bras de son père et l'entraîna, non sans peine, sur les traces des deux vieillards dont le pas, encore alerte, faisait honneur à leur sobriété.

On remonta d'abord un peu le faubourg, puis, sur la droite, on enfila une rue latérale, et, au bout de quelques minutes, on déboucha sur le Boulevard Neuf, juste en face des « maisons ouvrières ». M. Leroy avait la clef de celle où il s'agissait d'installer la famille Triquet ; après avoir traversé le petit jardin et longé le puits commun, il ouvrit la porte et les volets, et les peintures neuves des murs se mirent à reluire au soleil. Si les conjurés avaient compté sur l'aspect frais et coquet de cet intérieur pour éblouir les futurs locataires, leur calcul fut trompé : Ernest ne voyait qu'une chose, c'est que la maison

6

de M. Hérisson n'était pas à plus de quarante mètres de là; quant à son père il ne quittait pas des yeux le cachet rouge qui les avait fascinés.

Le père Bellavoine comprit la situation, et songea à entamer les négociations par une libation préalable.

— Diable, dit-il, je n'avais pas pensé que nous ne trouverions pas de verres dans une maison inhabitée.

— Soyez tranquille, répondit M. Leroy, je vais en emprunter chez Hérisson.

En attendant les verres, on visita la maison : une grande cuisine et une belle chambre au rez-de-chaussée, avec cave dessous ; à même le grenier, on avait pris une petite chambre mansardée que la cheminée de la cuisine échauffait avec son tuyau en poterie placé dans une encoignure; tout autour un jardin de six ou sept cents mètres, une petite basse-cour et des cabanes à lapins. Mais cette inspection, agrémentée des commentaires du père Bellavoine, manquait complètement son effet; Ernest, par-dessus les treillages, les arbres et les toits, cherchait à voir la maison de Julie, la cheminée de Julie et la fumée de Julie; son père suivait d'un œil inquiet tous les mouvements de l'adjoint, craignant probablement que quelque choc malencontreux ne vînt à casser la fameuse bouteille.

Ce dernier était trop perspicace pour ne pas voir que l'attention de son client ne lui était pas toute acquise, et il suspendit ses explications. Mais, aussitôt les verres arrivés, il les fit ranger sur la croisée

et tira successivement de sa poche gauche la bouteille, et, de la droite, un gros couteau à six lames,
parmi lesquelles se trouvait un tire-bouchon.

Triquet avala son verre d'une lampée ; les trois
autres y trempèrent seulement les lèvres, même
Ernest dont l'esprit était ailleurs, et qui, du reste,
n'avait pas encore pris l'habitude, et surtout le
besoin de la boisson. Soudain, il se redressa, son
œil s'affermit, ses lèvres pendantes se resserrèrent ;
la bonne eau-de-vie de Montpellier venait de donner
son premier coup de fouet à tout son organisme ;
mais, dominé par sa passion, son regard s'était aussitôt porté sur les autres verres encore pleins. Le
père Bellavoine, pensant qu'il fallait provisoirement
s'en tenir là pour le faire parler raisonnablement, le
prit doucement par le bras, et le fit retourner du
côté du jardin.

— Voilà, lui dit-il, une maison qui est libre, et
que vous pourriez habiter, si vous le vouliez...

— Eh ben ? est-ce que je n'en ai pas déjà une ? et
qui ne me coûte rien encore ?...

— D'accord, père Triquet ; et même vous pouvez
bien y rester si vous le désirez. Mais votre fils est
jeune ; il a d'autres idées que vous, comme tous les
jeunes gens ; il voudrait y demeurer, en cultiver le
jardin, ce qui serait une économie...

— Eh ben ! je ne l'empêche pas, moi.

— Bien sûr ! mais, comme il n'est pas majeur, il faut votre autorisation pour qu'il fasse
l'affaire.

— Hum!... qu'est-ce que ça va me coûter? dit le père Triquet devenu défiant.

— Rien du tout! C'est lui qui paiera le loyer, et même plus tard les annuités, s'il veut devenir propriétaire. Il n'a besoin que de votre signature pour l'autoriser. Personnellement, cela ne vous engage à rien. Lisez-lui l'acte, monsieur Leroy, pour qu'il s'en rende compte.

M. Leroy tira un papier timbré de son grand portefeuille, et commença la lecture de l'acte, que le père Triquet suivit attentivement. Un verre d'eau-de-vie, c'était la juste mesure de ce qu'il lui fallait pour entr'ouvrir son intelligence : absolument à jeun, il n'eût rien compris du tout; avec la moitié de la bouteille, il n'aurait rien voulu comprendre. Il lui fut facile de voir que, dans tout cela, il n'était question que de son fils, et que lui-même ne s'engageait absolument à rien. Alors, il se laissa aller à son unique préoccupation, qui était d'achever cette bouteille au cachet rouge, dont il avait fort apprécié l'échantillon.

Justement, faute de table, il fallait, pour signer, s'approcher de l'appui de la fenêtre sur lequel les verres étaient posés. Pendant qu'Ernest signait le premier, en sa qualité de principal intéressé, le père Triquet ne put s'empêcher de rapprocher son nez au-dessus du goulot de la bouteille pour en renifler l'odeur émoustillante; ce que voyant, l'adjoint en souriant remplit son verre vide; mais comme en même temps M. Leroy lui tendait, de l'autre côté, l'acte et la plume pour le signer, après une seconde d'hésitation, il prit la plume, traça à la hâte sa croix à la place qu'on lui indiquait, et, avec un grand soupir, se retourna vivement, saisit le verre plein et prit à peine le temps de murmurer poliment : « à votre santé, messieurs! » avant de le porter à sa bouche.

Ernest était si content qu'il demanda avec instance à ses deux protecteurs de l'accompagner au Grand Magasin, où il lui fallait acheter les meubles indispensables pour garnir sa nouvelle habitation. Il consentait volontiers à abandonner une partie de son salaire quotidien pour les payer, dût-il se priver pendant bien des mois; mais encore lui fallait-il des répondants pour une somme aussi considérable. Ils s'y rendirent donc tous les trois, sans réfléchir qu'ils allaient laisser le père Triquet en tête-à-tête avec la bouteille d'eau-de-vie.

CHAPITRE DIXIÈME

COMMENT CE FUT LE PÈRE TRIQUET QUI ÉTRENNA
LA MAISON

Tout compte fait — et les deux parrains d'Ernest s'y entendaient — Ernest aurait à payer la somme énorme de quatre cent cinquante francs pour un mobilier très succinct, sans compter bien des petites dépenses accessoires indispensables, telles que quelques vêtements propres pour ses deux sœurs, afin de mettre la famille en harmonie avec cette installation nouvelle. M. et Mlle Leroy estimèrent le tout à six cents francs, et le père Bellavoine se chargea de décider l'entrepreneur chez qui Ernest travaillait à en garantir le paiement, moyennant une retenue sur son salaire.

Pendant qu'on était en train, on voulut tout terminer dans la journée, ce qui fait que personne ne pensa à ce que le père Triquet pourrait bien faire

tout seul dans la nouvelle maison. Si on y avait
pensé, tous ceux qui le connaissaient seraient de-
meurés convaincus qu'il achevait la bouteille.

Quant à Ernest, il ne tenait pas en place. Il aurait
voulu que quelque magicien s'en mêlât, et que,
d'un seul coup de baguette, la maison fût meublée,
la famille installée, et, par surcroît, M. Hérisson
charmé de ses nouveaux voisins. Il eut du moins
quelque avant-goût de la réalisation de son dernier
souhait. Le père de Julie était précisément à la
caisse, et ce fut lui qui fut chargé d'inscrire le détail
de la commande d'Ernest et les clauses de son engagement. Tout en écrivant, il ne pouvait s'empêcher
de le regarder, avec un air, comme on dit, moitié
figue moitié raisin ; c'est-à-dire que, si ses sourcils
se fronçaient en reconnaissant l'audacieux qui aspirait à la main de sa fille, sa physionomie se déten-
dait un peu en prenant connaissance de résolutions
dignes d'éloges de la part d'un si jeune homme.

Mais il y avait, dans la famille Triquet, quelqu'un
d'aussi content pour le moins qu'Ernest. C'était sa
sœur Félicie, qui voyait son rêve de vie décente et
confortable sur le point de se réaliser. Oh ! elle les
connaissait bien ces petites maisons de la Caisse
d'épargne dont on avait tant parlé, en bien quand on
se disait qu'un jour ou l'autre, avec de l'ordre, de la
sobriété et de l'économie, on pourrait peut-être en
occuper une, en mal quand les passions, le vice ou
les mauvaises habitudes vous faisaient désespérer
d'y atteindre, et vous poussaient à médire à la fois

et de ceux qui les faisaient construire et de ceux qui
se privaient pour les acquérir.

Et voilà que justement son frère avait la même
idée qu'elle, avec en plus les moyens de la réaliser!
On allait pouvoir, dès le lendemain peut-être, s'installer dans une de ces petites maisons, pareille à
celle où elle avait vu, non sans une secrète envie,
son ancienne camarade d'école, Julie Hérisson, aider
allègrement sa mère à tenir en ordre un ménage
complet, presque luxueux en comparaison du sordide mobilier de la caverne où elle était née. Elle
allait jusqu'à croire, dans son enthousiasme, que son
père lui-même, aussi bien que son frère, se croirait
obligé de contribuer à la vie commune dans une
aussi belle maison. Alors ils nageraient tous dans
l'opulence, ou du moins dans une aisance qui lui
apparaissait comme un véritable luxe, en comparaison de la vie étroite, difficile, honteuse presque, que
toute la famille avait connue jusque-là. Quelle ardeur elle se sentait d'avance, quelle résolution de
travailler de toutes ses forces à l'entretien, et même,
s'il se pouvait, à l'embellissement d'une habitation
pareille! Avec quel dévouement, quel soin de chaque
jour et de chaque heure elle s'emploierait à faire la
vie aimable et douce à ces deux hommes, aux sacrifices desquels elle devait une si grande joie!

Ainsi pensait Félicie en attendant le retour de son
père et d'Ernest, tandis que Lili, prise d'un beau
zèle, avait voulu se charger elle-même de surveiller
la cuisson d'une marmitée de choux qui, avec un

reste de lard trouvé dans le *coffre à tout faire*, composerait le modeste déjeuner. Mais l'heure de midi était déjà passée et aucun des deux hommes n'était revenu ; elles ignoraient que, pour fêter cette grande journée, le père Bellavoine, aussitôt les achats faits au Grand Magasin, avait tenu absolument à emmener M. Leroy et Ernest chez lui, pour les régaler d'une choucroute aux saucisses, arrosée de son cidre mousseux.

Quant à Triquet, personne n'y pensait. Ou, si quelqu'un y avait pensé, il avait tout naturellement supposé que, fidèle à ses habitudes, il avait dû rejoindre *les copains* à leur cabaret ordinaire, et prendre assez d'apéritifs pour se couper radicalement l'appétit.

Cependant, sur les deux heures de l'après-midi, lasses d'attendre et tourmentées par la faim, les deux fillettes se décidèrent à se faire une soupe avec une partie du bouillon où avaient cuit les feuilles de chou. Et il y avait même déjà assez longtemps qu'elles l'avaient mangée, quand Ernest arriva, mais non peut-être aussi joyeux qu'elles le supposaient.

Certes il était content, parce qu'il lui semblait bien que le changement qui allait se faire dans l'habitation et les habitudes de la famille ne pouvait que diminuer les obstacles qui le séparaient de Julie, et les préventions que M. Hérisson semblait entretenir dans son esprit contre lui et les siens. Mais on ne change pas tout d'un coup sa vie et ses habitudes, on ne renonce pas sans difficulté à des plaisirs —

faux ou vrais — goûtés avec des camarades qui se vengeront par des brocards de l'espèce de supériorité que l'on semblera s'attribuer sur eux, en ne les suivant plus dans leurs petites débauches. Enfin, les engagements qu'on venait de lui faire contracter au Grand Magasin absorberaient presque la moitié de son salaire, et il se demandait de plus si, dans une si belle maison, avec un mobilier neuf, il pourrait laisser sa famille continuer les habitudes de sobriété forcée qu'elle avait contractées dans la caverne... et alors que lui resterait-il pour sa toilette? Et un peu de toilette n'était-il pas indispensable pour plaire à Julie?

Par bonheur, à dix-sept ans, ni les chagrins d'amour ni les préoccupations de la vie matérielle ne sont ni aussi profonds ni aussi durables que plus tard. L'instant d'après, l'imagination mobile d'Ernest lui représentait une jolie maison proprement tenue par ses sœurs — comme celle de M. Hérisson ; un jardin bien garni de légumes, de fruits, peut-être même de fleurs, toujours comme celui de M. Hérisson, grâce au travail du dimanche et des jours de fête qui y serait consacré par lui... il n'osait pas trop ajouter : et par son père. Les deux familles, également considérées-de-tous, ne tarderaient pas à se fréquenter, à se plaire, et alors... et alors l'idée de Julie reprenait la première place dans le tableau qu'il se traçait à lui-même de leur existence future.

Ce fut dans cet état d'esprit que, assez tard dans l'après-midi, il arriva à la caverne. Pour la première

fois peut-être elle lui apparut dans toute sa laideur,
et il se sentit pris d'une sorte de honte rétrospective
à la pensée d'y avoir demeuré si longtemps. Ses
deux sœurs étaient assises en dehors — on se plaisait
généralement plus dehors que dedans, toutes les fois
que la température le permettait — Félicie cousant
une des pièces qui lui avaient été confiées le matin,
et Lili sans cesse en mouvement, attendu que c'était
elle qui était chargée d'entretenir le feu sous la
marmite. Quand il eut expliqué la cause de son retour, l'aînée lui dit, étonnée de le voir seul :

— Eh bien! et papa, qu'est-ce que tu en as fait?

— Bah! répondit-il, en haussant légèrement les
épaules, il aura été rejoindre les copains.

La supposition était si naturelle, que personne ne
fit d'objection, et qu'on n'y pensa plus. Le restant
de choux donna un bouillon, dans lequel fut trempé
ce qui restait de pain à la maison, et, le soir venu,
ils se disposaient à manger la soupe, ce qui leur
rappela à tous les trois l'absence trop prolongée de
leur père. En réunissant ses souvenirs, Ernest pensa
à la bouteille d'eau-de-vie qu'on avait laissée, le matin,
sur le rebord de la fenêtre, et il en arriva à se demander si son père ne l'avait pas achevée, et si ce n'était
pas là la cause de son absence inexplicable. La nuit
n'était pas encore complètement tombée, et même
la lune, alors pleine, se levait large et blanche, répandant partout une clarté suffisante. Il fut décidé
qu'ils iraient tous les trois au Boulevard Neuf; on verrait si le père, d'aventure, n'y était pas resté, et, en

tout cas, les fillettes feraient connaissance avec la nouvelle maison.

Justement Lili en grillait d'envie; à cet âge la nouveauté plaît par elle-même; à plus forte raison quand elle comporte une espérance d'amélioration. Félicie, plus calme en apparence, n'était pas, au fond, moins impatiente que sa sœur de prendre connaissance de leur nouvelle résidence. Chemin faisant, Ernest lui énumérait les acquisitions qu'il avait faites : il y aurait deux lits en fer, peints en acajou, ayant chacun un matelas et un traversin; il avait acheté seulement deux paires de draps, parce que Félicie en confectionnerait deux autres pour pouvoir en changer quand il le faudrait. Six chaises leur suffiraient pour le moment, dont deux seraient placées dans la chambre du haut, destinée aux deux filles; le vieux banc et la vieille table, qu'il se chargeait de raccommoder lui-même le dimanche suivant, garniraient provisoirement la cuisine qui servirait de salle à manger. Il y aurait une armoire en bois peint dans chaque chambre, et, en fait de vaisselle et de batterie de cuisine, l'indispensable tout juste, en attendant qu'on eût fait des économies pour les compléter.

Félicie était bien heureuse, et Lili sautait de joie à l'énumération de chaque article nouveau; mais quand Ernest ajouta qu'il y aurait, en plus, des étoffes pour robes et tabliers, et même deux mètres de ruban rose pour leur confectionner à toutes deux des bonnets du dimanche, à la condition que Fé-

licie se chargeât de coudre tout cela, le soir, à la
lueur d'une lampe à pétrole qu'il avait achetée exprès, son ravissement ne connut plus de bornes ;
elle s'arrêta court, et sauta au cou de son frère, en
lui disant, entre deux gros baisers :

— Et puis tu sais, Nénesse, j'y travaillerai aussi ;
le jeudi, j'apprends avec mademoiselle, et je sais
déjà faire des ourlets !

Ainsi égayé par ces menus propos, le chemin ne
leur parut pas long. Bientôt ils arrivèrent, et Ernest
les arrêta devant la petite maison qui était en bordure sur le Boulevard Neuf. La porte du treillage de
clôture était ouverte, et celle de la maison, tout au
fond du jardin, également. Ernest se rappela que,
le matin, ils étaient partis assez précipitamment, et
conjectura que M. Leroy n'avait pas pensé à les fermer.

Alors on entra. On fit tout d'abord le tour du
jardin, qui leur parut, à la lumière un peu diffuse
de la lune, plus grand qu'il ne l'était. Félicie assura,
d'un air convaincu, qu'on y récolterait plus de légumes qu'on n'en pourrait consommer, et Lili en
conclut qu'il faudrait y semer des fleurs pour faire
des bouquets. Mais comme, vive et alerte, elle était
toujours en avant des deux autres, le tour du jardin
étant terminé, elle se présenta la première à la porte
de la maison. Poussée même par la curiosité, elle
y pénétra hardiment ; mais aussitôt elle recula avec
les signes de la plus grande frayeur. Et, en même
temps, on entendit une voix enrouée qui murmurait :

— Qu'est-ce qu'il veut, ce bougre-là ? La police est mal faite dans le quartier. Je me plaindrai au père Bellavoine.

Ernest accourut aussitôt ; mais au lieu de prendre peur comme Lili, il se mit à rire. Un rayon de lune tombait obliquement dans une encoignure, où, adossé aux deux murs, le père Triquet s'allongeait sur le carrelage, sans souci du froid et de l'humidité.

— Papa, lui dit-il, nous venons vous chercher ; il est l'heure de s'aller coucher.

— Eh bien ! clampin, reprit la voix pâteuse, est-ce que je ne le suis pas, couché ?

— Vous serez plus chaudement à la maison, et nous allons vous y conduire.

— A la maison ? J'y suis, à la maison. Je l'ai achetée hier... ou ce matin... j'ai fait ma croix ! Fiche-moi la paix !

Félicie voulut insister. Quant à Lili, c'était plus fort qu'elle, elle avait toujours peur de son père, quand elle le voyait dans cet état. Alors, le père Triquet fit un effort, et parvint à s'asseoir sur le carreau. Mais probablement il n'aurait pas pu se tenir debout, et son buste se balançait irrégulièrement, à grand'peine maintenu dans la position verticale grâce à ses mains sur lesquelles il s'appuyait alternativement. Fronçant les sourcils, et essayant de donner un peu de force à sa voix, il les congédia formellement en ces termes :

— Apprenez à respecter vos parents... c'est dans

maisons de la Compagnie dont M. Leroy était le régisseur; et sans doute que le père Bellavoine avait répondu pour lui, Triquet; c'est pour cela qu'on lui avait fait crédit.

Hum! il faudrait la payer tout de même; sur ses semaines alors? Ce n'était pas juste; le patron lui retenait déjà la note du boulanger; c'était dur! mais enfin, c'était pour ses enfants; un père est un père, pas vrai? Et si tous les pères seulement remplissaient leur devoir aussi bien que lui...

D'ailleurs, ses souvenirs se complétaient. Ernest était avec eux hier... Il commençait à bien gagner sa vie, Ernest... Il était jeune, solide, et n'avait pas besoin de fortifiants, comme un vieillard à qui le vin et l'eau-de-vie étaient nécessaires... ce qui était même diablement coûteux. Eh bien! chacun son lot! Lui, il payerait le pain, et ce serait Ernest qui payerait la maison. C'était juste!

Et comme il se sentait la tête fatiguée après tant de réflexions, et que l'heure était même passée de la goutte matinale, il s'achemina d'un pas encore un peu lent vers le cabaret où les copains avaient l'habitude de se retrouver le matin. Qu'est-ce qu'ils diraient, les copains, quand ils sauraient que Triquet était devenu propriétaire? Il allait bien les épater tout de même, et ça serait rien rigolo!!

De son côté, Ernest se leva de bonne heure. Il était si préoccupé de la grande entreprise dans laquelle il s'était laissé engager, qu'il aurait volontiers déjeuné avec les deux fillettes, pour commencer la

vie de sagesse et d'économie que sa grande résolution lui imposait. Mais rien n'était prêt pour cela, et
il lui fallut encore une fois se joindre aux copains
de l'atelier qui avaient l'habitude de casser une
croûte, arrosée d'un verre de marc, dans le cabaret
le plus proche du chantier. Mais il fut convenu que,
à partir du lendemain, Félicie se lèverait de bonne
heure pour lui faire à déjeuner; car il pensait bien
que, pour payer tout ce qu'il venait d'acheter à
crédit, il allait falloir supprimer toutes les dépenses
de fantaisie, et, pour cela, se tenir le plus possible
à l'écart des camarades.

Quant aux deux fillettes, elles avalèrent à la hâte
leur sou de lait, et s'en allèrent aussitôt après, Lili
à son école, et Félicie à la nouvelle maison, pour
recevoir l'ameublement et l'installer. Quand elle y
arriva, son père était déjà parti. Probablement il
avait faim, le litre d'eau-de-vie, qu'il avait bu à peu
près tout entier, ne pouvant point passer pour une
nourriture très réconfortante. Peu de temps après,
les ouvriers du Grand-Magasin arrivèrent avec une
voiture; les meubles neufs furent successivement
déchargés et mis en place, et Félicie éprouva un si
grand plaisir à cette installation nouvelle et relativement luxueuse que, quand sa sœur arriva à midi,
il n'y avait rien de prêt pour déjeuner. Félicie en fut
un peu confuse, car c'était assez mal débuter dans
son emploi de ménagère. Mais ce n'était pas la première fois que sa sœur et elle étaient obligées de se
priver d'un repas, et le plaisir qu'elles éprouvaient

toutes deux à admirer ce nouveau logement si
propre, si clair et si bien meublé, les empêchait de
trop penser à la faim qui les talonnait.

Tous les meubles étaient arrivés et à peu près
à leur place. Les employés du Grand Magasin avaient
eu soin de monter les lits et l'armoire. Le reste avait
déjà été rangé par Félicie et le sol balayé. Mais, dans
le feu de l'installation, elle n'avait pas pensé à aller
chez le boulanger et à lui donner sa nouvelle adresse.
Il fut convenu qu'en revenant, le soir, de l'école,
Lili passerait chez lui, et, après l'avoir dûment renseigné, se chargerait d'apporter à la maison le pain
du jour. Mais le pain lui-même ne suffirait pas ; ne
fût-ce que pour faire une modeste soupe, il faudrait
encore autre chose. Allait-on être plus embarrassé
pour manger dans la belle maison qu'on ne l'était
dans la triste caverne ? Là-bas, les jardins maraîchers pouvaient encore fournir, sous forme de rebuts,
des salades avariées ou des feuilles de chou dont on
tirait parti. Ici, il faudrait tout acheter, et Ernest
avait oublié de lui laisser de l'argent... Quant au
père, on avait forcément pris l'habitude de ne jamais
lui en demander.

Tout en faisant ces sombres réflexions, Félicie
avait fini de mettre tout en place à l'intérieur de la
maison, et s'occupait de la nettoyer en poussant
dehors avec un balai les débris de paille et de chif-
fons dont le déballage des meubles neufs avait en-
combré le carrelage. Arrivée ainsi dans le jardin,
elle regardait mélancoliquement les plates-bandes

nues, sauf quelques touffes de violettes, dont les dernières fleurs embaumaient l'espace. En tout autre
moment elle les eût joyeusement cueillies, pour
s'en faire des bouquets ; mais le ventre vide rend
l'esprit mélancolique, et, d'ailleurs, Félicie avait des
préoccupations plus sérieuses.

Il était grand ce jardin ; ou, du moins, il lui
paraissait grand. Combien pourrait-on récolter de
légumes dans un terrain pareil? Et qui est-ce qui
allait se charger de le labourer, de le planter, de
l'arroser? Car il faudrait bien que tout cela fût fait,
si l'on voulait en tirer parti. Et, au fait, n'était-il pas
déjà trop tard? Les jardins voisins étaient tout verts ;
les légumes nouveaux y poussaient déjà; il y avait
surtout celui de M. Hérisson, qu'on pouvait voir de
loin, en se haussant seulement sur la pointe des
pieds, et où un carré de navette en fleur, jaune d'or,
luisait au soleil matinal.

Ainsi pensait Félicie, appuyée sur le manche de
son balai oisif, et agitant des pensées bien sérieuses
pour sa jeune tête. Elle aurait eu besoin de conseils ;
si M. Hérisson voulait s'intéresser à elle ? Mais elle
ne le connaissait seulement pas, et même elle se
rappelait qu'Ernest semblait avoir peur de lui ; et
puis, d'ailleurs, il ne serait pas chez lui à cette heure
de la journée. Mais justement, il n'y aurait pas à
craindre de le rencontrer, et peut-être que sa
femme... Oui, Mme Hérisson l'accueillerait mieux,
sans doute ; entre femmes, c'était plus facile de s'entendre ; Félicie, en sa qualité de maîtresse de maison,

se considérait déjà elle-même comme une femme.

Il est vrai que, une fois en présence de Mme Hérisson, ce ne fut pas tout à fait la même chose. Sa timidité naturelle la reprit, augmentée peut-être de l'aspect de la maison et de sa propriétaire. Quant à la maison, quinze ans d'habitation continue et de sollicitude ininterrompue en avaient complété le mobilier et multiplié les commodités; les peintures en avaient été conservées par des soins incessants; le carreau en était lavé et sablé, les plafonds bien blancs, les vitres des fenêtres brillantes, les petits rideaux récemment renouvelés. Au milieu de ce ménage dont la propreté lui faisait honneur, Mme Hérisson avait un aspect énigmatique, si bien que Félicie se sentait intimidée; et cependant la toilette de la dame avait au contraire quelque chose de sans-façon qui aurait dû la rassurer. Depuis qu'il était propriétaire, M. Hérisson exigeait de sa femme une tenue bourgeoise en rapport avec la considération à laquelle il pensait qu'elle avait droit ; mais, bien résolue à ne rien abandonner de ses habitudes de bonne ménagère, Mme Hérisson ajoutait à sa toilette les pièces supplémentaires destinées à la préserver des accidents et des taches. Elle portait, par obéissance, une robe de mérinos carmélite et un bonnet à rubans bruns, mais elle avait, par-dessus sa robe, un grand tablier à bavette qui l'enveloppait tout entière, et son bonnet était caché par un mouchoir blanc attaché sous le menton, et dont un bout lui retombait par derrière la tête jusque dans le cou.

Heureusement pour Félicie, le fait seul d'occuper une des maisons de la cité ouvrière était déjà une bonne note en sa faveur ; de plus son maintien avait quelque chose de modeste et de timide qui plaisait tout d'abord ; enfin elle était si propre dans ses habits usés, qu'une bonne femme de ménage ne pouvait pas manquer de la bien accueillir. L'admiration non déguisée de Félicie pour tout ce qu'elle voyait flattait Mme Hérisson et la disposait d'autant mieux. Enfin, il faut reconnaître que nous avons tous, hommes et femmes, une tendance naturelle à donner des conseils à nos semblables, ce fait impliquant une incontestable supériorité sur eux. La connaissance fut donc bientôt faite, et même il ne tarda pas à s'y mêler une nuance de cordialité de la part de Mme Hérisson.

Mise, grâce à la naïve franchise de la jeune fille, au courant de la situation de la famille Triquet, elle lui donna une foule de conseils judicieux et finit même par y ajouter quelques moyens de les mettre à exécution. Il y avait une petite fermière des environs qui venait tous les matins dans une voiture à âne ; il faudrait lui prendre du lait, et, au besoin, elle fournirait aussi des œufs, des volailles et des lapins ; mais il serait bien plus économique d'élever soi-même ses lapins et ses volailles, dont le jardin pouvait fournir la nourriture. Pour la boisson, il y avait un certain petit vin, que l'on pouvait même faire mousseux, si l'on voulait, en s'y prenant bien, et que l'on obtenait en faisant fermenter des raisins

secs dans de l'eau, ce qui ne coûtait pas cher.
C'était ce que la famille Hérisson buvait elle-même,
quand l'hydromel manquait. Enfin, comme la petite
voisine paraissait embarrassée pour le dîner du soir,
elle allait lui prêter une demi-douzaine d'œufs,
qu'elle lui rendrait bientôt.

C'était presque comique, mais en tout cas c'était
intéressant, cette petite ménagère d'environ quatorze
ans qui l'écoutait avec tant de sérieux et d'envie de
bien faire. Elle n'était pas élégante, par exemple,
mais bien propre ; ni un trou ni une tache à ses
habits, et les cheveux bien peignés ; elle s'annonçait
soigneuse, et Mme Hérisson n'avait pu se défendre
d'un mouvement de sympathie involontaire. Et
même, quand son mari et sa fille rentrèrent le soir,
elle leur parla de sa nouvelle voisine comme d'une
bonne petite fille, courageuse et dévouée, qui avait
résolu de remplacer sa mère morte, et à qui elle
avait donné volontiers de bons conseils pour la tenue
de son ménage. Comme elle avait tu le nom de ses
nouveaux voisins, M. Hérisson approuva sans réserve sa conduite, et déclara même partager sa
sympathie. Julie ne ressentait qu'un vague sentiment de curiosité.

Dans la nouvelle maison du père Triquet, il en
était tout autrement. Quand Lili arriva, au sortir de
l'école, avec un pain que, par parenthèse, elle n'a-
vait pas pu se retenir d'entamer en route, ce qui encouragea sa sœur à en détacher immédiatement un
bon morceau, Félicie tout en mangeant la mit au

courant de son entrevue avec sa voisine, en manifestant une admiration sans réserve pour sa maison, son jardin, sa toilette et surtout pour les conseils judicieux qu'elle en avait reçus. Et six heures venaient à peine de sonner qu'Ernest survint, couvert de sueur à force d'avoir couru, laissant là les camarades et l'apéritif, tant il avait hâte d'entrer dans son nouveau domicile, et de voir ce qu'amènerait d'agréable un si proche voisinage avec la maison de Julie.

Alors eut lieu un grand conciliabule, dans lequel ce fut, par extraordinaire, la plus jeune tête qui l'emporta. Tout d'abord, il fut admis à l'unanimité que le jour d'entrée en possession d'un nouveau domicile devait être fêté et solennisé par un repas aussi plantureux que possible. En conséquence, Lili obtint de son frère trente centimes, somme jugée suffisante par Félicie pour acheter un peu de lard destiné à relever l'omelette. Ensuite on agita la question des liquides ; décemment, on ne pouvait pas se passer de vin dans une circonstance aussi remarquable. Ce fut un peu plus dur ; il en fallait au moins un litre, lequel coûterait douze sous, et Ernest s'effrayait d'une brèche pareille faite à ses finances, tout en reconnaissant l'opportunité de la dépense, et l'impossibilité de l'imposer au père Triquet.

Mais enfin, à force de câlineries, Lili l'emporta, et, munie de l'argent arraché à Ernest, courut faire les emplettes nécessaires. Les œufs étaient battus, et le feu allumé quand le chef de famille, le pas un

peu plus assuré qu'à l'habitude, apparut à l'horizon.
Il essayait même de conserver une gravité en rapport
avec l'importance que, à son gré, lui donnait sa
qualité nouvelle de propriétaire. Les copains l'avaient
cru sur parole, quand il leur avait affirmé l'acquisition de l'immeuble, garantie par sa *croix* ; seul, le
mastroquet s'était tenu sur la réserve, en se promettant de prendre les renseignements les plus sûrs,
avant de se risquer à augmenter son crédit habituel.
Car le père Triquet avait été jusqu'à offrir une hypo-
thèque sur sa prétendue propriété, pour garantir les
consommations.

Grâce à cette prudence, et aussi peut-être à la
hâte qu'il avait de se retrouver dans cette maison
nouvelle, il n'était pas trop tard quand il arriva.
La vue du mobilier augmenta sa satisfaction, et
celle du couvert dressé dans la cuisine y mit le
comble. Comme il était doué d'un assez bon appétit,
quand il n'avait pas pris trop d'apéritifs, il mangea à
lui tout seul le tiers de l'omelette et but la moitié du
litre du vin ; après quoi, il consentit à reconnaître
qu'il y avait longtemps qu'il n'avait si bien dîné. Et
enfin, pressé de prendre possession de tout ce confortable auquel il n'était pas habitué, il se coucha,
sans plus attendre, dans un vrai lit comme il n'en
avait jamais eu.

Les deux petites filles, accompagnées d'Ernest,
firent le tour du jardin. Félicie fit observer à son
frère qu'il n'était peut-être pas trop tard pour le
cultiver et le planter, et que ce serait pour lui une

distraction, le dimanche. Ernest fit d'abord une légère grimace; il ne se voyait pas jardinant, sarclant
ou arrosant, au lieu de se promener endimanché
dans les endroits où il aurait quelque chance de
rencontrer Julie. Seulement, comme on était entré
chez un voisin pour lui demander aide et conseil en
cette occurrence, il s'aperçut avec un certain émoi
que le jardin de ce voisin n'était séparé que par une
haie d'aubépine de celui de M. Hérisson. En raison
de quoi, il ne fit plus aucune difficulté pour suivre
ses deux sœurs, qui avaient eu d'abord quelque
peine à l'entraîner.

Ce voisin, inscrit sur le registre de l'état civil
sous les vocables euphoniques de Népomucène
Barillot, était invariablement dénommé par tout
le monde le *père La Médaille*, attendu que, il y
avait quelque dix ans, il avait obtenu, à une Exposition de la Société d'horticulture de Belleville, une
médaille de bronze pour un lot remarquable de
pommes de terre, produit direct de sa culture, et
que, quand il se mettait en toilette, c'est-à-dire qu'il
endossait sa vieille veste de drap au lieu de sa
blouse, il s'obstinait à accrocher sa médaille avec un
ruban rose à sa boutonnière, malgré les injonctions
des agents de police, qui du reste avaient fini par en
rire, en le considérant comme un fou inoffensif.

Mais le père La Médaille n'était déjà pas si fou.
Homme de peine dans la grande tannerie Delorme,
à raison de trois francs par jour, ce qui lui donnait,
croyait-il, le droit de s'intituler « ouvrier tanneur »,

il était devenu veuf à cinquante ans, père de trois grands garçons qui avaient déjà essaimé de par le monde et qui se suffisaient par leur travail. C'est alors que, pris d'une ambition un peu tardive, il avait loué une des maisons de la Compagnie des habitations à bon marché, avec le ferme propos de s'en rendre propriétaire ; résultat qu'il était sur le point d'atteindre, grâce à sa frugalité et à son industrie.

Pour cela, il avait entrepris l'engraissement des cochons, en petit naturellement, mais avec une persévérance infatigable. Il en engraissait deux par an, pas plus, mais si à point, si bien réussis, qu'il en tirait deux cent cinquante francs, somme relativement considérable qu'il versait religieusement chaque année entre les mains du père Leroy. Le jardin, cultivé par lui les dimanches et jours de fête, le soir et le matin de chaque jour en été, suffisait à la nourriture des deux bêtes ; il était occupé par moitié par de l'orge et des pommes de terre, soignées avec amour, nettes de mauvaises herbes, arrosées même par les grandes sécheresses, et fumées avec des balayures des fosses et des ateliers que les fonctions du père La Médaille mettaient à sa disposition. Comme il y mettait une certaine discrétion, son patron avait fini par tolérer cette espèce de vol domestique.

— Des pommes de terre ? Oui, monsieur ; oui, monsieur. J'en ai encore, pour plant, oui, monsieur. Oui, monsieur, il est encore temps, mais il faut vous dépêcher.

Ainsi répondait le père La Médaille aux questions de Félicie, mais en s'adressant spécialement à Ernest, et n'ayant pas honte de montrer ainsi ouvertement le peu de considération qu'il avait pour les femmes.

Ainsi interpellé, Ernest fut arraché à sa contemplation; mais, saisi d'une inspiration soudaine, il fit immédiatement marché avec le père La Médaille, pour un minot de vieilles pommes de terre qu'il viendrait chercher le lendemain soir, en sortant du chantier, afin de les planter sans délai, dans un carré qu'il allait labourer immédiatement à cet effet. Et l'idée d'entretenir de fréquentes relations avec ce voisin, dont le jardin n'était séparé que par une haie de celui-ci de sa bien-aimée, l'engagea sans autre réflexion dans une dépense nouvelle qui lui valut une chaleureuse accolade de la part de Lili.

Mais la meilleure des récompenses de cette belle résolution, ce fut l'intimité qui s'établit entre le père La Médaille et lui; car il avait besoin de le consulter très fréquemment, ce qui fait qu'il obtint ses entrées dans son jardin, surtout le soir, à la nuit tombante, heure à laquelle justement Julie prit l'habitude de venir surveiller les ruches de son père qui étaient établies de l'autre côté.

CHAPITRE DOUZIÈME

PROSPÉRITÉ

Trois ans passèrent, amenant successivement de notables améliorations dans l'état physique et moral de la famille Triquet. Sous le coup de la grande découverte qu'il avait faite du moyen d'avoir des entrevues régulières avec sa bonne amie, Ernest s'était laissé arracher par Lili des subsides importants ; on avait chaque jour un litre de vin, dont il est vrai de dire que le père buvait la plus grande partie, si bien que, la part modeste du fils prélevée, il en restait à peine de quoi colorer en rose pâle la boisson des deux jeunes filles. La soupe contenait régulièrement un petit morceau de viande qui, très inégalement partagé, n'en donnait pas moins un peu plus de goût à la part des déshérités. Le jardin, dès le premier été, fournit les légumes et la salade, et, l'hiver suivant, une suffisante pro-

vision de pommes de terre s'entassa dans la cave.
Un jour même, et d'après les avis de Mme Hérisson,
Félicie parvint à confectionner, avec des raisins secs
et des pommes tapées, une boisson rafraîchissante
dont le père Triquet lui-même approuvait les
mérites, pendant les grandes chaleurs.

Ernest s'était pris d'une vive amitié pour le père
La Médaille. Il le consultait sur le moindre détail
de culture, ce qui rendait celui-ci un peu fier et en
même temps expansif, et surtout ce qui nécessitait
des séjours fréquents et prolongés le long de la
haie des voisins, derrière laquelle étaient installées
les ruches, objet des soins assidus de Mlle Hérisson.
Ces consultations avaient lieu régulièrement le soir
et le matin, c'est-à-dire avant de se rendre au
chantier ou à l'atelier et dès en revenant, et, de
part et d'autre, on ne perdait pas de temps en
route.

Seulement tant de régularité, et tant de temps
consacré à l'apiculture, ne pouvait échapper à
l'attention, non pas de M. Hérisson peut-être, à
cause de ses occupations de caissier qui le rete-
naient tard à son magasin, mais de Mme Hérisson
qui ne sortait jamais, comme on sait, de sa maison,
sauf les jours de marché, et seulement dans la
journée. Julie fut donc obligée de la prendre pour
confidente, ou au moins d'avouer ses rendez-vous
avec Ernest. Et ce fut très heureux, car le jour où
le père lui-même s'en aperçut, ce fut elle qui
défendit les deux amoureux auprès de lui, et le dé-

termina à considérer leur entente avec quelque indulgence.

Ce ne fut pourtant pas sans peine, mais la conduite d'Ernest et la bonne tenue de ses deux sœurs,
la vue de la maison et du jardin bien soignés, atté-
nuaient beaucoup la déconsidération que la conduite du père Triquet jetait sur toute la famille. Et
même, il y avait une certaine amélioration dans les
habitudes du père Triquet. Un jour que, retenu au
cabaret, il arrivait en retard pour le dîner, il trouva
ses trois enfants attablés, et le litre de vin déjà fortement diminué. Selon son habitude, il le prit d'assez
haut et leur reprocha vertement de ne pas l'avoir
attendu. Mais Ernest, qui était déjà un grand garçon
et commençait à prendre conscience de ses droits,
lui répondit froidement qu'on lui avait laissé sa part
de soupe, et que, quant au vin, comme c'était lui
qui le payait, il avait bien le droit d'en faire ce qu'il
voulait. Dès le lendemain, le père Triquet se
montra d'une exactitude remarquable à l'heure du
dîner, ce qui, d'autre part, réduisit dans une certaine proportion le nombre des apéritifs qu'il absorbait avec les copains.

De son côté, au lieu de faire un esclandre,
M. Hérisson, s'en fiant à sa femme pour surveiller
les deux amoureux, réfléchit que le temps approchait où Ernest serait appelé à faire son service militaire, et que Julie aurait sans doute le temps de
l'oublier pendant les trois ans qu'il durerait. Au pis
aller, si le jeune homme continuait à se bien con-

duire et devenait propriétaire de sa maison, si Julie
persistait de son côté à vouloir se marier avec lui,
on verrait ce qu'il y aurait à faire. Et, grâce à cette
condescendance un peu forcée, les entrevues des
deux jeunes gens furent au moins tolérées, et leur
intimité s'accrut jusqu'au moment critique du service militaire. Seulement, elles eurent ce bon résultat que, retenu à la maison par l'obligation de ne
pas manquer l'heure de ses rendez-vous, Ernest se
détacha de plus en plus des camarades, soigna de
plus en plus son jardin, et, malgré les subsides que
Lili lui arrachait de temps à autre pour les besoins
du ménage, fit quelques économies et put se libérer
des dettes qu'il avait contractées, tant pour son
habillement que pour l'ameublement de la maison.

Ce départ remit tout en question. Le litre de vin
quotidien, qui le paierait désormais? Les sous que
Lili avait l'art d'obtenir de son frère, comment les
remplacerait-on? Félicie qui allait avoir dix-sept ans
était grande et forte, et même jolie fille, ce qui ne
gâtait rien; mais, confinée à la maison par ses devoirs de ménagère et le peu de travail qu'elle avait
le temps de faire pour le « Grand Magasin », elle
avait bien peu d'occasions d'étaler ses attraits nais-
sants au grand jour; en tout cas son ouvrage lui
rapportait peu de chose, et sa sœur ne lui était
d'aucun secours; quoique pourvue récemment à
son tour du certificat d'études, elle continuait à recevoir les leçons de Mlle Leroy, dans le but d'entrer
à l'Ecole normale de Beauvais. Enfin le père Triquet

poursuivait imperturbablement son existence de
sybarite, fréquentant assidûment le cabaret, vantant
partout « sa maison », et continuant à jouir, sans
songer à les payer, de toutes les améliorations
gastronomiques que Félicie avait apportées à son
régime alimentaire.

Il est vrai que, à la fin du mois, il eut une désagréable surprise. Pendant une quinzaine environ,
Félicie avait pu faire aller le ménage avec le peu de
fonds qu'Ernest avait laissés en partant ; mais après,
il y avait eu une grande consultation entre M. et
Mlle Leroy, le père Bellavoine et elle, à la suite
de laquelle elle avait pris le parti d'aller hardiment trouver l'entrepreneur chez lequel Triquet était embauché, pour lui demander de garantir aux fournisseurs le paiement des denrées
qu'elle prendrait chez eux ; en vertu de quoi celui-
ci avait reçu quarante francs de moins qu'il ne
comptait, savoir : quinze francs pour le crédit garanti au marchand de vin, et au delà duquel il fallait payer comptant ce qui lui était versé ; neuf
francs pour le vin fourni à Félicie ; et le reste pour
la viande, l'épicerie et le pain consommés à la
maison. Il fut tellement ahuri de cette brèche faite
d'autorité à ses finances par sa fille, qu'il accourut
furieux chez lui, sans penser aux apéritifs qu'il avait
coutume d'avaler avant de dîner.

Félicie commençait à n'avoir plus si peur de lui ;
d'ailleurs elle avait reçu les conseils du père Bellavoine, qui lui avait recommandé la plus grande

fermeté vis-à-vis de son père. De plus, l'absence de son excitant ordinaire le rendait en quelque façon accessible au raisonnement ; le régime de sobriété relative auquel il était soumis depuis quelque temps avait même déjà avantageusement modifié son caractère. Aussi, quand elle lui eut fait comprendre qu'il faudrait désormais en revenir à la soupe aux rognures de choux, arrosée d'eau claire, s'il n'y mettait pas un peu du sien, depuis qu'Ernest n'était plus là pour subvenir aux frais du ménage, sa grande colère s'apaisa, et, le souvenir des bons petits repas dont il s'était fait une douce habitude le fit adhérer, non sans grimace, aux sacrifices que sa fille exigeait de lui.

Cela lui attira une foule de désagréments. Il était connu comme un « bon zigue » qui ne refusait jamais un verre, et qui régalait même plus souvent qu'à son tour, en sa qualité de « propriétaire » ; il se croyait assuré de pouvoir continuer à maintenir sa réputation ; mais le mastroquet, bien renseigné par le père Leroy, ayant appris qu'il n'était que locataire de sa maison, et qu'il avait pris des engagements sur son salaire, s'arrangeait pour ne pas se laisser mettre à découvert ; et de plus, ses confrères furent bientôt édifiés par lui sur l'insolvabilité de Triquet.

Son prestige en diminua beaucoup. Du moment qu'il ne payait plus à boire, et sa qualité de propriétaire étant de plus contestée, il se vit en butte à la froideur et même aux brocards des copains. Il n'y avait plus de raison pour prolonger la séance au cabaret. D'un autre côté, il y avait du plaisir à rentrer dans une vraie maison, propre, reluisante et gaie, et non dans une caverne sombre, sale et mal meublée. Félicie dressait un couvert d'aspect réjouissant et confectionnait des ratatouilles affriolantes, flanquées d'une bouteille de vin qu'il était sûr de boire à peu près tout seul, depuis qu'Ernest ne la partageait plus avec lui, et pourvu qu'il en laissât tout juste de quoi colorer légèrement le verre d'eau de ses deux filles. Cependant, il est bon de dire qu'avec le litre de vin Félicie s'arrangeait pour faire deux bouteilles, et que, de cette façon, le père avait une bouteille à chaque repas. L'expérience en effet lui avait démontré que, quand le litre tout entier était servi au déjeuner, il n'en restait guère, ou pas du tout, pour le dîner. Seulement, elle était obligée d'avoir recours à la pratique illégale du mouillage.

La culture du jardin avait été l'objet de longues négociations ; on n'avait jamais pu persuader au père Triquet qu'un maçon ne dérogeait pas en faisant œuvre de jardinier. En désespoir de cause, Félicie avait obtenu du père La Médaille sa coopération désintéressée ; promu aux fonctions de professeur d'agriculture, il se sentait flatté d'avoir à donner des conseils et de faire ainsi la preuve de ses connaissances agronomiques ; mais, entraîné par son tempérament fougueux, il joignait l'exemple au précepte, tandis que son élève le regardait travailler ; et ainsi le jardin, transformé en un champ de pommes de terre, fut successivement labouré, planté, sarclé, butté, sous la surveillance du père Triquet, par les mains du père La Médaille ; c'est ce que celui-ci appelait « donner des conseils. » Quant à la récolte, elle se fit un dimanche par les deux jeunes filles, mais toujours sous la surveillance du père Triquet.

Cependant, tout cela ne s'était pas fait sans révolte de sa part. Il eut un moment la pensée de changer de chantier, pour s'affranchir de toutes les charges que cette intrigante de Félicie lui avait imposées. Mais il était littéralement « brûlé » sur la place, et universellement classé parmi les ivrognes incorrigibles ; si son patron le gardait, c'était autant par commisération pour sa famille que parce qu'il était toujours surchargé de travaux ; il faut ajouter que, dans ses moments lucides, Triquet était un adroit ouvrier ; et il le devenait d'autant plus qu'il avait moins d'argent à dépenser au cabaret. C'est ce qui explique pourquoi le patron avait accédé aux propositions de la fille sans consulter le père. Et justement il ne tarda pas à en avoir une nouvelle occasion ; mais, cette fois, il crut ne pas pouvoir se passer de son consentement.

Ernest, avant de partir au régiment, avait payé une quinzaine de loyer d'avance. Aussi, un mois après, son père se trouvait devoir déjà quinze jours, et le père Bellavoine, qui conseillait ou faisait conseiller les deux sœurs, jugea à propos de frapper un grand coup, pour river Triquet à la chaîne à laquelle il s'était on peut dire involontairement attaché. Un dimanche matin, avant toute libation, Triquet vit arriver le père Leroy qui avait pris, pour la circonstance, son air le plus grave et le plus solennel.

— Vous me devez cinq francs, lui dit-il froidement.

— Cinq francs ! pourquoi ça ?

— Pour le loyer. C'est dix francs par mois. Votre fils, en partant, a payé une quinzaine. Aujourd'hui la seconde quinzaine est expirée.

— Je ne les ai pas ! répondit résolument Triquet.

— Alors je vais me voir forcé de vous faire expulser. C'est dans le contrat que vous avez signé.

— Signé... signé... d'abord c'est pour Ernest que j'ai signé ; je me le rappelle. C'est lui qui est propriétaire...

En temps ordinaire Triquet disait : « ma maison. » Mais il avouait n'en être pas le propriétaire, quand il s'agissait de payer.

— Ernest, reprit le père Leroy, ne gagne plus rien maintenant qu'il est soldat ; et si vous voulez continuer d'habiter ici, il faut que vous payiez le loyer.

— Je vous repète que je n'ai pas d'argent, cria Triquet en portant instinctivement la main sur sa poche, comme pour protéger celui qui était destiné aux apéritifs de la journée...

— Alors allons chez votre patron, et s'il veut garantir le paiement sur vos journées...

Comment! Encore cette carotte-là! Tout le monde
s'en mêlait... Il travaillait comme un nègre... c'était
connu ; et ça allait être au profit des autres ! Triquet
trouvait la vie amère ! De retourner à la caverne,
c'était dur ; on était très commodément dans cette
diable de petite maison, il fallait en convenir. Mais
enfin, de ce train-là, il n'allait bientôt plus lui rester
d'argent de poche : et le commerce allait si mal
que les mastroquets ne voulaient plus rien verser « à
l'œil. »

Et le père Leroy était toujours là attendant une décision, l'air froid, décidé, et même le regard dur. Il ne
s'essuyait pas le front avec son mouchoir à carreaux ;
il n'était pas essoufflé ; on voyait bien qu'il n'était
pas dans son état normal. Il attendait évidemment
ses cent sous, et ne s'en irait pas sans les avoir tou-
chés. Ça, non, par exemple ! De sa vie Triquet ne se
rappelait pas avoir jamais donné un sou à un propriétaire, et ce n'était pas à son âge qu'il allait
prendre une habitude pareille. D'ailleurs l'argent
qu'il avait en poche était destiné à le désaltérer ;
c'était sacré ça !... Mais, de se rendre avec le père
Leroy chez son patron, de consentir à ce que le
loyer fût régulièrement prélevé sur sa quinzaine,
comme cela ne menaçait que l'avenir, à bout de
résistance, il y consentit.

Et, la quinzaine suivante, en recevant un salaire
si réduit, il ne put retenir un gros soupir. Comme
il était baissé, tout de même ! Ce que c'est que de
nous ! Ah ! il vieillissait le père Triquet... Il se lais-

sait carotter par tout le monde... Il n'avait plus de
caractère... Jusqu'au cabaretier qui se permettait
de lui imposer ses volontés ! D'après un calcul
plusieurs fois recommencé, et absolument incontestable, il ne lui fournirait plus que trois gouttes par
jour à crédit, vu que son patron n'en garantissait
pas davantage. C'était humiliant !

CHAPITRE TREIZIÈME

TOUT LE MONDE PROPRIÉTAIRE

Ernest, une fois arrivé au régiment, écrivait tous les mois à Félicie. L'orthographe et la calligraphie laissaient à désirer ; mais le sens de ses lettres était très clair. Sa principale préoccupation était de se mettre en rapport épistolaire direct avec Julie ; d'abord il recommandait à sa sœur de cultiver la connaissance de cette jeune personne, et de lui communiquer de ses nouvelles ; ce qui était relativement assez facile, Félicie ayant acquis les bonnes grâces de madame, et même de M. Hérisson qui était charmé de lui donner des conseils, et séduit par la façon dont elle les recevait et les exécutait. Ensuite, il ajoutait à ses missives une feuille spéciale pour Julie, que Félicie était chargée de lui remettre en mains propres, et que les deux jeunes filles n'étaient pas loin de considérer avec autant de componction

qu'un secrétaire d'ambassade un protocole. Quant
aux lettres spéciales pour la famille, elles contenaient
généralement un post-scriptum embarrassant, en ce
sens qu'il concluait en une demande de fonds, indispensables pour s'assurer les bonnes grâces de ses
supérieurs.

Mais, s'il était facile à Félicie de faire, auprès de
son ancienne camarade d'école, les commissions
dont Ernest la chargeait ; si même cela lui devenait
de plus en plus agréable, à cause d'un plan matri-
monial que Julie avait imaginé dans sa cervelle
éveillée, et qui consistait à créer un double lien
entre les deux familles, en faisant marier Félicie
avec son frère aîné, Victor, qui venait précisément
d'entrer, comme second clerc, dans l'étude d'un
avoué de Belleville, les lettres d'Ernest la mettaient
dans un grand embarras, en raison des demandes
d'argent qu'elles contenaient ; elles avaient beau,
Lili et elle, économiser autant que possible sur la
dépense quotidienne, il fallait des mois entiers pour
réussir à amasser une modeste pièce de quarante
sous qui représentait pour elles bien des privations,
et qui ne restait pas seulement un quart d'heure
entre les mains du destinataire.

Il est bien entendu que d'en demander à leur
père, elles n'y avaient pas seulement pensé. Du reste
Triquet subissait au même moment une métamor-
phose qui le rendait plus inabordable que jamais à
ses filles. C'était sur elles qu'il se vengeait des privations qu'il était obligé de s'imposer. Les copains

étaient froids à son égard depuis que son crédit
avait baissé chez le mastroquet; il passait à la maison une partie du temps qu'il avait autrefois l'habitude de passer en leur compagnie; sa grande distraction, c'était de contempler « sa maison » sous
toutes ses faces, depuis le toit jusqu'à la cave; la
cave surtout; et Félicie comprenait qu'il n'eût pas
été prudent d'y amasser des provisions de liquide,
si toutefois ses moyens lui avaient permis ce luxe.
Il faisait frotter et balayer à chaque instant par Félicie, et se mettait sérieusement en colère si cette
étourdie de Lili, dans un mouvement trop brusque,
menaçait d'érailler les peintures.

L'homme tâche toujours de s'attribuer une supériorité sur ses semblables. Autrefois, il se croyait
supérieur aux copains, vu que, n'ayant ni loyer ni
impots à payer, et, sauf le pain, ne contribuant
presque en rien aux dépenses du ménage, il avait
plus d'argent à dépenser au cabaret que la plupart
d'entre eux. Privé de cet avantage par toutes les
saignées qu'il avait laissé faire sur son salaire — et
il y avait des jours où il se demandait avec dépit
comment il avait eu la faiblesse d'en arriver là —
il se rattrapait sur sa maison. Elle était à lui; elle
était toute neuve; on y était à l'aise; on récoltait
tout ce qu'on voulait dans le jardin, et même davantage. A force d'en parler, de s'en vanter, d'en fa-
tiguer tout le monde, il avait fini par s'y attacher,
par en être fier, et par se consoler même de bien
des privations. Etre assis dans *sa* cuisine, sur *sa*

chaise, contemplant tour à tour son plafond ou son jardin, c'était une jouissance qui ne valait certes pas un cinquième de marc bu avec un camarade, mais qui, à la longue, aidait tout de même à s'en passer.

Heureusement il vint une nouvelle lettre d'Ernest, plus rassurante que les précédentes. Son colonel, ayant appris qu'il était peintre, l'avait déchargé de tout service pour lui faire rafraîchir son apparte- ment — gratis bien entendu ; mais il lâchait de temps à autre une pièce de vingt sous, et le marchand de couleurs lui avait fait une honnête remise sur les fournitures. Il ne parlait pas d'envoyer de l'argent, mais au moins il n'en demandait plus. Et par la suite, les commandants, les capitaines successive- ment l'employèrent de la même façon, jusqu'à l'ex- piration de ses trois ans. Aussi peut-on dire que le séjour de la caserne ne lui avait pas gâté la main ; mais aussi ne lui avait-il pas appris grand chose du service militaire.

Mais ce qui, pour lui, valait mieux que tout le reste, c'est que le temps marchait toujours, rappro- chant de plus en plus l'époque de sa libération, et que, malgré son absence, ses affaires matrimoniales étaient plutôt en bonne voie. Non pas du côté de M. Hérisson bien entendu ; celui-ci, au con- traire, s'endormait dans une fausse sécurité, Ernest n'ayant obtenu que de rares congés, et n'en ayant jamais abusé. Mais Félicie et Julie étaient devenues deux inséparables ; on les voyait toujours ensemble, hors des heures de travail à l'atelier, et elles tra-

maient des projets qui auraient bien étonné M. Hérisson s'il avait pu les deviner. Car Félicie déployait
d'autant plus de zèle en faveur d'Ernest qu'elle
avait fini par y trouver sa récompense.

Julie qui, comme on l'a pressenti, n'était pas une
engourdie, s'était mis dans la tête que son amie
plairait à son frère ; et, soit inclination naturelle,
soit louable docilité, tous les deux s'étaient empres-
sés de lui donner raison. Assez libre de son temps
et de ses mouvements, en sa qualité de garçon, et
ayant au besoin la facilité de porter ses retards au
compte de l'étude, Victor avait insensiblement pris
l'habitude d'accompagner sa sœur dans ses visites à
Félicie. Car c'était chez Félicie, qu'en allant à l'atelier et en revenant, Julie allait prendre des nouvelles d'Ernest ; et par la même occasion Victor et
Félicie travaillaient pour leur propre compte. Ce fut
donc un double coup qui fut porté à la respectabilité de M. Hérisson quand le retour du soldat amena
les explications matrimoniales.

Tout faillit se gâter. Déjà il s'était lourdement
trompé au sujet de sa fille qui était loin d'avoir
oublié son amoureux, comme il l'avait espéré ; et,
par surcroît, on lui annonçait, avec le calme de la
conscience satisfaite, que son fils, Victor Hérisson,
homme de plume comme lui, pour qui il réservait,
in petto, la maison acquise par son travail et son
économie, son vrai héritier, de nom et de fait, s'était
engagé envers la ci-devant mamzelle Misère ! Tous
les enfants de la caverne allaient entrer dans sa fa-

mille! Et tous les siens auraient pour père le trop
connu Triquet! Un poivot avéré!! Malheureusement,
il était tout seul de son opinion. A l'attitude de
Mme Hérisson — mais non à son langage, car elle
n'aurait pas osé se mettre en opposition formelle
avec lui — il était visible qu'elle avait secrètement
passé à l'ennemi.

Et, comme si ce n'avait pas été assez de cet obs-
tacle à vaincre, les deux jeunes couples ne tar-
dèrent pas à s'apercevoir que leurs affaires ne marchaient pas mieux de l'autre côté. Triquet lui-
même refusait son consentement! Et c'était d'autant plus grave, que les enfants avaient beau se
creuser la tête, ils ne pouvaient deviner pourquoi.
En effet, c'était le résultat d'une réflexion secrète,
encore même un peu confuse, qui s'était emparée
de lui. Il faisait mauvaise mine à Ernest; il fuyait
toute explication; il recevait très mal Victor et Julie;
il était tantôt câlin, et tantôt brusque avec Félicie.
On ne sait pas comment il aurait traité Lili, mais
elle était à l'école normale primaire de Beauvais.

En réalité, Triquet s'était pris de passion pour
« sa maison ». Il voulait y rester, et Ernest allait l'en
chasser sans doute; il savait bien qu'il ne pouvait
pas y rester seul, et Félicie, sa ménagère, une bonne
ménagère encore, allait se marier et le quitter.
Comment tout cela finirait-il? Ses réflexions étaient
moroses. Un homme, à force de privations, était
parvenu à acquérir une maison, car il s'en croyait
vraiment propriétaire, et ses propres enfants allaient

la lui prendre ; c'était le mal du siècle, on ne respectait plus ses parents. Il avait parfois envie de plaider plutôt ! Mais, au fond de lui-même, il se demandait s'il gagnerait.

Une situation semblable ne pouvait pas durer. De légers acomptes, loin de satisfaire les amoureux impatients, augmentaient plutôt leur fringale. Heureusement Félicie, qui s'en était déjà plusieurs fois bien trouvée, eut l'idée d'aller trouver Mlle Leroy. Celle-ci, devenue presque une vieille fille, chaque fois qu'elle se trouvait en contact avec une de ses anciennes élèves devenue femme, commençait d'abord par l'accueillir du petit air à demi effaré d'une poule qui a couvé des œufs de canard, et qui voit ses poussins se jeter à l'eau. Mais, avec la collaboration du père Leroy et de son mouchoir à carreaux, la situation fut étudiée, et la résolution prise d'avoir encore une fois recours à la haute sagesse du père Bellavoine.

Enfin, après bien des pourparlers, des tentatives de conciliation, une assemblée générale des deux familles fut, à grand peine, réunie chez M. Hérisson. De son côté, la solution était relativement facile à trouver. Il était propriétaire de sa maison ; il devait la garder ; ses enfants, fille et garçon, en chercheraient chacun une autre ; et, s'ils se montraient disposés à s'imposer les sacrifices nécessaires pour l'acquérir, afin de racheter leur mésalliance avec les « enfants de la caverne », sa susceptibilité devrait céder au désir de contenter leurs inclinations. La

Compagnie qui faisait constamment construire de nouvelles maisons, employant ainsi au fur et à mesure le produit de celles qui étaient vendues, la Compagnie offrait de leur en céder dans le proche voisinage ; ainsi l'honneur de la famille Hérisson serait sauvé !

Du côté de Triquet, les choses furent plus difficiles à arranger. Ernest prit une maison à part, ce qui fut pourtant pour son père une satisfaction ; car, au fond, il le considérait toujours comme une espèce de concurrent, et ne se sentait jamais suffisamment « chez lui » tant qu'il était là. Mais on ne pouvait pas le laisser seul, et il témoignait pour Félicie une affection qu'en réalité on aurait pu tout aussi bien appeler de l'égoïsme ; elle l'avait habitué à des petits soins, à une cuisine, à un bien-être intérieur qu'il aurait fortement regretté s'il lui avait manqué. Le père Bellavoine suggéra à Victor de demeurer avec Triquet, et de se contenter pour le présent de la petite chambre mansardée. Triquet continuerait à payer le loyer, et à se croire chez lui ; mais il fut secrètement convenu qu'Ernest acquitterait régulièrement l'annuité nécessaire pour le rendre propriétaire au bout de quinze ans.

Mais la conférence avait été si laborieuse et si longue que le père Leroy avait été obligé de changer de mouchoir.

*
* *

Des années se sont passées. Obligé à une sobriété relative, Triquet entre dans la vieillesse avec une meilleure humeur et une meilleure santé que celles que nous lui avons connues. Victor et Félicie ont dû cependant le quitter, en raison de l'accroissement de leur petite famille, et c'est Lili, récemment nommée institutrice adjointe dans son ancienne école, toujours brillamment dirigée par Mlle Leroy, qui tient son ménage et gouverne « sa maison ». Le père Bellavoine continue à mériter la confiance de ses concitoyens. Népomucène Barillot porte maintenant deux médailles à sa boutonnière, attendu qu'il en a obtenu une seconde, au Comice Agricole de Bellevile, pour avoir exposé un superbe cochon gras.

MÉDAILLÉ!

I

Dans une petite ville de Picardie que nous pour-
rions nommer « Belleville », parce qu'elle le mérite,
et « Belleville-sur-Oise », parce que cette charmante
rivière la traverse de bout en bout, vivait, il y a deux
ou trois ans, un jeune couple qui ne paraissait pas
des mieux assortis, ce qui n'est pas plus rare, malheureusement, en Picardie qu'autre part.

Le mari, Paul Besnard, était clerc de notaire;
premier clerc et des plus entendus. Exact, soigneux,
méticuleux même, son patron l'estimait fort, quoique
son intelligence ne fût pas des plus brillantes, ce
qui, paraît-il, n'est pas absolument indispensable
dans la carrière du notariat.

Au physique, il n'avait précisément rien de remarquable, ni en bien ni en mal. De taille moyenne,
avec un buste convenablement développé, sur des
jambes un peu trop fluettes; la tête plutôt grosse,
bien ronde, des cheveux blonds qui frisaient; les
yeux bleus et saillants, le nez très petit, mais la

9

bouche très grande, avec de fortes mâchoires qui
s'avançaient à peu près comme celles d'un bouledogue ; le teint très clair, bien coloré, et une petite
moustache qu'on aurait désirée, et que lui-même désirait vivement plus fournie et moins rousse. Au total,
il n'aurait pas pu passer pour un joli garçon ; mais on
n'aurait pu, sans injustice, prétendre qu'il fût laid.

Son père était un bon ouvrier menuisier, et sa
mère était.., une bonne femme. Ne sachant lire ni
l'un ni l'autre, mais sachant heureusement très bien
compter — sur leurs doigts probablement, ou de toute
autre façon élémentaire, attendu qu'ils n'avaient
jamais été à l'école. Sobres, travailleurs et économes,
ils avaient largement usé de la caisse d'épargne, et
on croyait généralement qu'ils auraient au moins leur
pain assuré quand ils ne pourraient plus travailler.

Leur seule dépense extraordinaire avait eu pour
objet l'instruction de leur fils ; et encore, quand il
avait subi l'examen d'entrée à l'École normale primaire, avaient-ils assez aisément obtenu une bourse
pour lui. Paul était ambitieux ! Au lieu d'apprendre
un état manuel, comme son père, il aspirait à la
situation distinguée d'instituteur. Par malheur, il
avait échoué au concours pour le brevet supérieur,
et, résolu à prendre un état qui lui permît de porter
une redingote, il était entré dans une étude de Belleville, où, d'échelon en échelon, grâce à son travail
soutenu et à sa conduite régulière, il était parvenu
au poste élevé qu'il occupait.

Cependant il souhaitait monter encore plus haut,

Il savait bien qu'il ne lui serait pas possible de devenir notaire ; ni son instruction ni sa fortune ne le lui
auraient permis ; mais il rêvait en secret de s'affranchir de toute dépendance en achetant un greffe de
justice de paix, ce qui lui aurait constitué une espèce
de situation officielle. Il se voyait en imagination
coiffé d'un chapeau de soie, le col garni d'une cravate blanche, peut-être même la boutonnière fleurie,
un jour ou l'autre, du ruban des officiers d'Académie, et considéré, à cause de sa décoration, comme
un personnage d'importance, particulièrement par
tous ceux qui ne le connaissaient pas... et peut-être
même par les autres. Un greffier de justice de paix
passe généralement pour un homme instruit et il en
est, dit-on, sans lesquels le juge serait assez souvent
embarrassé pour rédiger ses jugements.

Le malheur est que ces charges-là s'achètent à
beaux deniers comptants, et que ses parents, en plus
des sacrifices qu'ils s'étaient imposés pour son instruction, ne lui avaient donné en mariage qu'un
trousseau assez maigre et les quelques meubles
indispensables à un jeune ménage. Il y avait bien sa
femme, née Alice Framicourt, fille d'un petit entrepreneur de maçonnerie, laquelle avait reçu en dot la
somme considérable de six mille francs, en obligations de la Ville de Paris, qui montaient, chaque année,
à la Bourse, d'une dizaine de francs chacune. Mais,
pour des raisons que nous allons expliquer, Paul Besnard n'avait pas su acquérir la confiance de sa femme.

Il en était pourtant passionnément amoureux. A

la vérité, il y a de grands philosophes qui prétendent
qu'être très amoureux n'est pas toujours le meilleur
moyen de se faire aimer. Alice avait été placée par
ses parents comme demoiselle de boutique dans le
plus grand magasin de nouveautés de Belleville.
Grande, brune, avec des cheveux magnifiques et des
yeux, comme disent les bonnes femmes, « à la per-
dition de son âme », sa beauté était devenue célèbre
dans tout le canton ; rentiers sur le retour, officiers
et sous-officiers de la garnison, employés, clercs, et
mêmes jeunes gens de bonne famille, elle aurait eu
peine à faire le compte de ses soupirants.

Comment, dans ces conditions, elle était devenue
la femme d'un modeste clerc de notaire, c'est un de
ces mystères qui étonnent au premier abord, et qui
deviennent très simples quand on essaye de les expliquer. Les hommes, et les femmes bien entendu,
n'agissent pas toujours avec logique et conformément
à leur situation ; ce qui est fort heureux ; autrement,
la vie apparaîtrait monotone, uniforme, et par conséquent ennuyeuse; de plus, la littérature en recevrait
un contre-coup fatal, car les auteurs n'auraient plus
rien à mettre dans leurs comédies ou leurs romans.

La belle Alice n'était pas une sentimentale ; sans
quoi elle se fût prise d'amour pour le plus beau ou
le plus passionné de ses prétendants. Ce n'était pas
non plus une femme pratique; car alors elle aurait
d'emblée choisi le plus riche. Ce n'était pourtant pas
une ambitieuse, puisqu'elle dédaignait le secrétaire
de la sous-préfecture, lequel était célibataire et lui

avait formellement déclaré, par écrit, qu'il ne la poursuivait que pour le « bon motif ».

Elle était tout simplement romanesque, ce qui est, de nos jours, une espèce d'anachronisme ; Alice retardait sur son siècle ; cette tournure d'esprit, très commune vers 1830, se rencontre très rarement aujourd'hui chez les demoiselles à marier qui, au contraire, savent, à cinq centimes près, ce que coûtent les bijoux, les étoffes et les dentelles. Elle avait lu et relu les romans de Walter Scott, seul livre qu'elle eût jamais eu à sa disposition, en plus du paroissien doré sur tranche dont sa marraine lui avait fait présent, le jour de sa première communion ; et le chevalier d'Ivanhoë était le type exact du mari qu'elle consentirait à accepter.

Malheureusement, si les demoiselles romanesques se rencontrent peu à cette fin du dix-neuvième siècle, les Ivanhoë s'y rencontrent encore plus difficilement. Le secrétaire de la sous-préfecture, qui était très ménager de ses habits, portait régulièrement et par tous les temps, été comme hiver, un affreux parapluie en coton, d'un bleu passé, avec un manche de corne représentant une tête d'oiseau, lequel ne pouvait rappeler en rien la lance ou la claymore d'un chevalier revenant de la croisade.

Un garçon épicier, un étalier sur le point de s'établir boucher, et un calicot qui la serrait de plus près que ses autres prétendants, grâce à l'avantage qu'il avait d'être employé dans la même maison qu'elle, ne lui offraient pas d'autre perspective que celle de

trôner dans un comptoir ou au fond d'une boutique.
Les officiers de la garnison lui laissaient trop voir
que leur ardeur ne visait qu'à « la bagatelle ». Les
sous-officiers, plus sérieux parfois, ne lui avaient pas
dissimulé que leur plus haute ambition, une fois li-
bérés du service, ne pouvait aller au-delà d'un bureau de tabac, un emploi dans l'administration, ou
une place de gendarme, avec l'espérance de commander un jour une brigade. Il y avait loin de là à
la brillante épaulette de Waverley ou à la fortune
restaurée de lord Nigel.

Cependant, le temps qui n'épargne personne accu-
mulait les mois et les années. Quand Alice eut vingt-
deux ans, elle s'aperçut que toutes ses contempo-
raines étaient mariées, et heureuses, à ce qu'elles
disaient. En même temps ses prétendants rebutés se
faisaient de plus en plus rares, et, juste au même
moment, un désir secret, qu'elle n'avait pas encore
ressenti, semblait l'avertir que la nature, selon ses
lois immuables, l'avait créée pour le mariage plutôt
que pour le célibat.

Un grand naturaliste a dit que « le génie n'était
qu'une longue patience. » Paul Besnard, sinon par
génie, du moins grâce à sa patience, était resté un
des derniers soupirants d'Alice. Il avait quelques
avantages sur ses concurrents : sa tenue était correcte ; ses parents étaient de braves gens ; il jouissait d'une certaine considération dans le monde
des propriétaires et des rentiers, auxquels il ne refusait jamais un bon conseil gratuit, tandis que son

patron s'arrangeait toujours pour faire payer les siens. Joignez à tous ces mérites qu'il lui faisait une cour discrète, mais persévérante, depuis plus de trois ans, ce qui donnait à penser d'abord qu'il lui serait fidèle, ce qui est agréable, et ensuite qu'il serait docile, ce qui est encore plus important. Enfin, si les désirs s'exaspèrent faute de satisfaction, ils s'atténuent cependant à la longue ; à défaut d'un mari distingué, brillant, poétique, Alice se sentait résignée à en accepter un qui fût seulement respecté et considéré.

Moins de six mois après, elle s'accusait elle-même d'imprudence et de précipitation. Paul ne répondait décidément pas à son idéal ; à le voir de près, cet homme n'était qu'un vulgaire bourgeois ; non seulement il portait de la flanelle, ce qui n'a rien de poétique, mais il était sujet aux rhumes de cerveau, ce qui est prosaïque en diable ; il était trop porté sur sa bouche, et il faisait un bruit désagréable en mangeant sa soupe ; il s'endormait platement quand elle essayait de lui faire lire du Walter Scott, et ne se réveillait que quand sa main se portait machinalement sur la reliure en veau de son Code civil.

Et, juste au même moment, était apparu, prenant une certaine place dans son existence, l'être vaporeux et distingué qu'elle croyait sentir appelé à donner pleine satisfaction à ses aspirations éthérées. C'était un jeune percepteur, qui ne paraissait pas plus de trente ans, qui portait de longs cheveux à la Raphaël, une moustache et une royale effilées du

plus beau noir, et dont la figure longue et pâle et les
yeux toujours pâmés, dont on n'apercevait presque
que le blanc, témoignaient victorieusement en faveur
de son tempérament romantique.

Témoignage d'autant plus véridique que, non content d'apprécier comme il convenait les vers de nos
plus grands poètes, il avait la réputation de chatouil-
ler la muse pour son propre compte. Mal caché sous
le pseudonyme de « Fortunio », qu'il déclinait, du
reste, si faiblement que certains esprits jaloux allaient
jusqu'à lui en dénier la propriété, il donnait à l'un
des trois journaux de Belleville, le plus conservateur
des trois à cause de sa situation de fonctionnaire,
des sonnets et même des odes qui avaient enlevé
d'autorité l'admiration des abonnés. Or tout le monde
lit ces journaux de province, non tant peut-être à
cause de leurs articles politiques, qui retardent généralement de huit jours, qu'en raison de la police
correctionnelle et de l'état civil, qui fournissent leurs
meilleurs aliments à la conversation des habitués du
Café de la Mairie, et des ménagères groupées autour
d'une « bistrouille » de contrebande, prélevée sur
le café au lait de leurs époux.

M. Bidault, le percepteur, quoique son bureau
fût situé à l'autre extrémité de la ville, passait
régulièrement, deux fois par jour, sous la fenêtre
d'Alice. C'était déjà assez significatif, vu que la
température, pluie, neige ou grêle, ne l'empêchait
jamais de faire ce long détour. Mais, ce qui avait
encore plus particulièrement attiré son attention,

c'est que, ouverte ou **fermée**, occupée ou veuve
de sa locataire, sa fenêtre recevait invariablement un
regard effaré de ces deux yeux blancs, vivement re-
portés vers le ciel. La femme la plus attachée à son
mari n'aurait pu méconnaître la signification de
cette pantomime empruntée aux plus célèbres héros
de roman. Son renouvellement quotidien flattait au
plus haut degré les secrètes mélancolies de Mme Besnard. Un jour enfin, après quelques mois de ces aveux
muets, le jeune percepteur parut vouloir entrer avec
elle en connaissance plus directe. Soit hasard, soit
volonté expresse de sa part, elle était à sa fenêtre,
occupée à secouer bourgeoisement son tapis, à
l'heure exacte du passage de son amoureux muet.
Bravant les flots de poussière qui s'échappaient du
tapis, avec ce dédain du péril que la passion seule
inspire, Bidault ne se dérangea pas de son chemin ;
et même, profitant de cette avance dissimulée, il
adressa à l'active ménagère un profond salut, la
main droite tenant son chapeau tyrolien à la hauteur
de sa tête, tandis que la gauche s'appuyait avec force
sur la partie gauche du thorax où l'anatomie cou-
rante désigne l'emplacement du cœur. Alice se retira
vivement de la fenêtre avec une confusion qu'elle
savait bien devoir lui donner un charme de plus.

C'était un vendredi, jour consacré par l'antiquité
à Vénus. Elle ignorait, il est vrai, ce détail mytholo-
gique. Mais le lendemain soir, quand son mari lui
apporta le journal de Belleville, tout frais sorti de la
presse, son premier mouvement fut de l'ouvrir à la

rubrique « Variétés », où figuraient d'ordinaire les
élucubrations poétiques de Fortunio. Son cœur bat-
tait à grands coups, et une pâleur délatrice se ré-
pandit sur son front, en lisant le sonnet ci-après :

MON ÉTOILE

Sonnet

Alice est l'étoile brillante
Que mon regard suit dans les cieux ;
Mais sa lueur éblouissante
Me contraint à baisser les yeux.

Oh ! quand la brume transparente
Amortit l'éclat de ses feux,
De sa lumière plus clémente
Je remplis mon cœur amoureux.

Je suis le marin téméraire
Dont la barque svelte et légère
Par elle trouve son chemin ;

L'aéronaute plein d'audace
Qui, d'un bond franchissant l'espace,
Voudrait la toucher de sa main !

FORTUNIO.

Paul, qui lisait par-dessus son épaule, s'écria im-
prudemment :

— Encore des vers de ce farceur de Bidault ! Des
vers ! peuh ! je te demande un peu à quoi ça sert ? Il
ferait bien mieux de vérifier ses comptes ; il paraît
qu'il lui manque deux francs soixante-quinze centimes pour faire sa balance. Si son inspecteur s'en
aperçoit, il passera un fichu quart d'heure.

Par bonheur, il ne vit pas le regard noir qui s'alluma dans les prunelles d'Alice.

De ce moment commença pour lui une vie intolérable. Il éprouva, coup sur coup, une série de déceptions dont la cause lui échappait absolument.

Alice est l'étoile brillante
Que mon regard suit dans les cieux...

Ces deux vers hantaient la cervelle de sa femme. En faisant une sauce, elle s'arrêtait machinalement pour murmurer :

Alice est l'étoile brillante...

et la sauce tournait. Quand elle avait un bouton à coudre à la chemise de son mari, elle entendait vaguement derrière elle :

Alice est l'étoile brillante...

et elle laissait échapper le bouton, ou embrouillait son fil, si bien que, après avoir longuement réfléchi et soupiré, elle replaçait, sans y penser, la chemise dans l'armoire avec son bouton en moins. Elle sortait le moins possible, honteuse et contente à la fois, mais persuadée que tout le monde savait qu'elle s'appelait Alice, et que c'était à elle que le sonnet de Fortunio s'adressait. Quand pourtant elle se décidait à aller au marché pour faire ses provisions, chaque fois qu'un marchand la regardait en lui offrant un merlan ou une côtelette, il lui semblait qu'il ne pourrait ouvrir la bouche que pour lui dire :

Alice est l'étoile brillante...

et elle se sauvait sans rien acheter.

Tant il est vrai qu'une conscience coupable est un témoin incorruptible, à l'accusation duquel nous ne pouvons échapper !

Mais, comme, l'heure du repas étant proche, elle s'apercevait qu'il fallait pourtant apprêter quelque chose, elle avait forcément recours à une provision d'œufs que sa mère, qui avait une basse-cour, renouvelait toutes les semaines ; si bien que ce pauvre Paul, qui ne les aimait pas, était néanmoins obligé d'en absorber deux fois par jour, sous forme d'omelettes, d'œufs brouillés, sur le plat ou à la coque. Mais, averti par cet infaillible instinct qui rend les amoureux si timides en face d'une maîtresse récalcitrante, non seulement il les ingurgitait sans souffler mot, mais encore il s'efforçait de donner à penser à sa femme qu'il les ingurgitait avec plaisir.

Cependant, ce n'étaient là que les premiers symptômes d'un refroidissement conjugal, dont il ne devait par tarder à ressentir les plus douloureuses conséquences. Si peu ardente que soit la vie commune, elle comporte un tel rapprochement des deux époux que cent occasions se présentent de renouer, ne fût-ce que temporairement, des nœuds que l'habitude, l'indifférence ou la satiété ont laissé se relâcher insensiblement. Mais Alice avait, conformément à ses principes romanesques, un sentiment de loyauté en vertu duquel l'amour seul devait présider aux épanchements de deux êtres d'un sexe différent, scrupule qui lui faisait éviter consciencieusement les occasions dont son mari aurait pu profiter.

Non seulement, pendant le jour, elle affectait un mutisme presque complet, doublé d'un formalisme plein de froideur, destiné à lui faire comprendre qu'il ne fallait rien lui demander en plus de ses devoirs de ménagère; mais encore, le soir venu, elle déployait une pudeur que la chaste Diane elle-même eût pu trouver excessive. Une foule d'infirmités lui survinrent, dont aucun symptôme ne s'était manifesté jusqu'alors, et qui exigeaient un sommeil calme et prolongé, l'absence de toute espèce d'émotion et de fatigue, et une soumission absolue à ses moindres caprices. C'est la première phase de l'adultère; on est trop honnête pour accorder quoi que ce soit à l'amant, mais on est trop consciencieuse aussi pour accorder à l'autre ce que l'on ne croit dû qu'à lui.

Au bout seulement de six semaines d'un régime pareil, personne ne s'étonnera que Paul commençât à manifester de fâcheux changements, au physique aussi bien qu'au moral. Il maigrit et jaunit, au point de donner quelques inquiétudes à un de ses amis récemment reçu docteur en médecine, lequel, sans même qu'il le consultât, crut devoir lui conseiller, discrètement, de boire de l'eau de Vichy à tous ses repas.

Il n'apportait plus à ses occupations profession-nelles que cette dose d'attention distraite que donne

l'habitude; son patron l'accusait secrètement d'indifférence, et deux des clients qu'il conseillait dans
leurs affaires se trouvaient engagés dans des procès
qu'ils perdraient infailliblement.

II

Un dimanche matin, Paul absorbait mélancoliquement son café au lait, dans lequel il trempait
des rôties qu'on avait laissé brûler, et sur lesquelles
on avait oublié, ou négligé peut-être, d'étendre du
beurre. Son esprit méthodique, et bien ordonné,
était particulièrement froissé de ces irrégularités de
détail. Ce qui ne veut pas dire qu'il fût indifférent
aux autres symptômes, plus grands encore, de
froideur dont témoignaient l'attitude lasse et les
regards vagues de sa femme; mais, il est de règle
que nous soyons, en général, plus sensibles à des
riens dont nous avons l'habitude, qu'à la privation
de choses importantes que nous n'avons jamais
souhaitées.

Son café pris, il tourna quelque temps autour
d'Alice, comme s'il eût attendu l'occasion de lui
parler; voyant qu'elle ne lui disait rien, il essaya de
l'interroger, mais elle ne lui répondait que par mo-
nosyllabes; parfois même, elle semblait prête à
ouvrir la bouche, et comprimait ses lèvres d'un
mouvement brusque, comme pour arrêter au passage quelques paroles imprudentes. Sans cette pré-

caution, elle allait sans doute lui réciter ces vers
qu'une voix mystérieuse murmurait, sans trêve, à
son oreille :

Alice est l'étoile brillante...

Découragé, presque désespéré, Paul prit son chapeau
et sortit, sans dire où il allait, et sans qu'elle son=
geât à le lui demander.

A force d'errer au hasard dans la ville, il arriva
sur le bord de la rivière, à la place où, en été, les
enfants du collège allaient prendre des bains froids.
Comme on était en octobre, l'endroit était à peu
près désert ; à dix ou douze mètres de distance, en
avant de la cabane en planches qui lui servait d'habitation, le père Arsène, à la fois batelier, pêcheur
et professeur de natation, était occupé à calfater le
plus mauvais de ses bateaux, à l'aide d'un gros
pinceau qu'il trempait, de temps à autre, dans une
chaudière pleine de goudron bouillant. Un peu plus
loin, caché derrière la cabane, un couple d'amou=
reux, à ce qu'il semblait, se livrait à une conversa=
tion animée.

Mais quelqu'un qui aurait pu s'approcher d'eux,
assez pour les entendre, se serait bien vite aperçu
qu'ils n'étaient pas aussi d'accord qu'ils en avaient
l'air. Malgré la distance, Paul les avait reconnus en
passant. Tout le monde se connaît dans une petite
ville, même quand on ne s'est jamais parlé. Mais il
était absorbé dans de trop tristes réflexions, pour

s'inquiéter de ce qu'ils faisaient ensemble dans cet endroit écarté.

La femme, une petite blonde, boulotte, avec une assez jolie figure fine, qui avait dû être naïve, mais qui paraissait avoir cessé de l'être, ce qui pouvait bien, après tout, tenir à ce qu'elle était veuve, n'était rien moins que Mme Tafoureau, ci-devant charcutière dans la grande rue, récemment dénommée « rue de la République ». Elle semblait, à la suite d'une longue fréquentation, avoir emprunté aux bêtes que détaillait son défunt quelque chose de rose et de bouffi qui ne lui allait pas trop mal ; mais son principal mérite aux yeux de bien des gens, surtout aux yeux des célibataires peu fortunés, consistait dans la possession de deux maisons et de rentes sur l'Etat, dont la valeur en capital, au dire de gens bien informés comme il y en a toujours un assez grand nombre en province, montait à plus de soixante mille francs.

Le jeune homme — car il n'avait guère plus de trente ans — était une espèce de célébrité locale. Peintre en décors et attributs, c'était à lui que les boutiquiers ambitieux confiaient le plus souvent la confection de leurs enseignes ; il y en avait certaines, telles que le « Chat Botté » du cordonnier, le « Lion d'Argent » du principal hôtel, et « l'Apollon jouant de la Lyre » du marchand de musique, que les paysans des environs, suivis de leur famille, s'attardaient à contempler les jours de marché ; dans la ville même, il y avait des connais-

seurs qui s'attendaient, un jour ou l'autre, à voir
Théodule Durocher exposer un tableau au Salon des
Champs-Elysées.

Avec de semblables talents, Théodule gagnait
beaucoup d'argent ; mais il le dépensait de même.
Il faisait volontiers plusieurs lundis par semaine,
chantait agréablement la gaudriole à presque toutes
les noces où on ne manquait jamais de l'inviter,
jouait au billard dans la perfection, et, sans être un
débauché ou un ivrogne, ne refusait jamais aucune
occasion de s'amuser. Assez grand, avec une belle
barbe noire mêlée de roux, de beaux yeux bruns,
alternativement baignés de tendresse ou pétillants
de malice, il était la coqueluche de toutes les
femmes ; on lui attribuait, non sans raison, de multiples aventures, et, par une équitable compensation
de la Providence, qui s'efforce de distribuer à
chacun une part proportionnelle de mal et de bien,
ce qui avait jusqu'alors fait son bonheur menaçait
précisément de faire son malheur aujourd'hui.

En effet, il était tombé amoureux de Mme veuve
Tafoureau, un peu parce que la petite fortune qu'on
lui attribuait lui permettrait de développer à l'aise
ses talents artistiques, et de parvenir à la gloire par
un chemin qui lui apparaissait vaguement comme
jonché de quelques fleurs. Ils étaient à peu près du
même âge ; nés au même village, ils avaient été à
l'école ensemble, et cette familiarité de longue date
lui avait inspiré l'audace de se mettre sur les rangs
malgré le grand nombre de concurrents plus

10

fortunés que lui dont la veuve était déjà assaillie.

De son côté, Mme Tafoureau se sentait quelque penchant pour lui. Comme les femmes en général, et les charcutières peut-être en particulier, elle avait un faible pour les artistes et les mauvais sujets, obéissant ainsi à la loi naturelle des contrastes, qui attire les petites femmes vers les hommes grands, les blondes vers les bruns, les timides vers les forts, et préserve, de cette façon, la race humaine de l'uniformité, qui est, selon l'avis du poète classique, la mère de l'ennui, et qui, en tout cas, risquerait de la rendre encore plus laide qu'elle ne l'est naturellement.

Seulement elle s'était imaginé, ou bien un de ses soupirants lui avait suggéré peut-être, que Théodule n'en voulait qu'à sa fortune; que, débauché comme il l'était, il l'aurait bientôt dissipée; et qu'enfin, en vertu du proverbe bien connu, il répondrait aux reproches par des coups, à l'imitation des chevaux qui se battent devant un râtelier vide; présage peu réjouissant pour une femme qu'agitait invariablement un petit frisson de crainte, chaque fois qu'elle se rappelait comment elle avait été traitée par son premier mari.

Théodule toutefois ne se décourageait pas, et recherchait au contraire toutes les occasions de se trouver en tête-à-tête avec elle, comptant soit sur leurs souvenirs d'enfance, soit sur son éloquence et ses charmes naturels pour la décider en sa faveur. C'est ainsi que, ce matin-là, au moment où elle sor-

tait de chez elle pour aller à la messe de neuf
heures, il avait surgi inopinément au coin de la rue,
avait entamé une conversation indifférente, et l'avait
insensiblement entraînée vers ce lieu écarté, dans
le but d'avoir une explication définitive avec elle.

L'endroit était propice ; peu fréquenté dans cette
saison, abrité du vent par de grands peupliers, et
des regards curieux par la cabane du père Arsène.
Paul, en passant, avait pu très légitimement les
prendre pour deux amoureux ; malgré ses préventions, elle paraissait émue, son teint rose en était devenu presque rouge, ses yeux restaient fixés à terre
avec un certain embarras, et tout cela s'accordait
parfaitement avec une toilette fraîche, presque juvé-
nile, que, en sa qualité de veuve décidée à se remarier, elle se croyait absolument en droit de porter.

De même, lui, il avait l'œil enflammé par la passion, la face un peu pâlie par le souci d'un refus,
et le geste à demi agenouillé d'un soupirant
d'amour encore peu assuré du succès. Comme
c'était dimanche, il avait fait toilette, à sa manière ;
c'est-à-dire qu'il avait quelque chose de neuf dans
son vêtement, sa façon de gouverner ses finances ne
lui permettant jamais d'en renouveler toutes les
pièces à la fois. Ce jour-là c'était le veston, noir et
lustré, lequel s'accommodait tant bien que mal avec
le gilet et le pantalon, d'âge et de couleur différents ; mais le tout était porté crânement, emprun-
tant un cachet de désinvolture artistique à une tête
intelligente et passionnée, que coiffait un feutre

mou à grandes ailes, constamment incliné sur l'oreille gauche.

Théodule avait pris dans les siennes les petites mains roses et potelées de Mme Tafoureau, et, la regardant en plein dans les yeux, il lui adressait les objurgations les plus passionnées :

— Voyons, Adèle, qu'est-ce que tu as à me reprocher ? J'ai un état dans lequel je gagne pas mal d'argent...

— Oui, mais tu le dépenses aussi vite. Tu n'as pas d'économie.

— J'y ai même acquis du talent, ce qui me vaut dans la ville une certaine considération.

— Ce n'est pas ce que tout le monde dit.

— Des envieux, qui jalousent ma célébrité. Mais une fois marié, établi et rangé, ce qui ne tarderait pas avec une femme aussi gentille que toi...

— Justement, voilà ce qui n'est pas sûr.

— Mais si... mais si... tu devrais pourtant bien me connaître, voyons ! Depuis si longtemps !... Rappelle-toi donc que, quand nous étions petits, nous allions déjà à l'école ensemble.

— Ce n'est pas une raison. Nos parents demeuraient porte à porte.

— Et même que c'était toujours moi qui avais un ou deux sous pour t'acheter une pomme ou un sucre d'orge.

— Aussi, répliqua Adèle d'un air un peu pincé, mes parents sont aujourd'hui propriétaires de leur ferme ; tandis que les tiens sont obligés de payer leur location à la Saint-Martin.

— Ah! voilà!... toujours l'argent! Tu ne me trouves pas assez riche pour toi. Mais alors qu'est-ce qu'il te faut donc? Un duc, un prince ou un banquier?

— Non! je veux un homme qui m'aime bien. Défunt Tafoureau était riche, et il ne m'a pas rendue heureuse. Il avait la main trop leste! Ce n'est pas un secret et tout le monde le sait bien à Belleville. Eh bien! maintenant que je suis libre de recommencer, je veux me rattraper. J'en ai bien le droit!

— Tu veux battre ton mari à ton tour? Eh bien! ça m'est encore égal; je me laisserai faire, je te le jure!

— Bah! murmura Adèle, un peu touchée tout de même, on dit ça avant; et puis après, comme on est le plus fort... Mais ce n'est pas tout ça! je veux un homme qui m'aime, et qui ne me batte pas; ça me suffira.

C'est juste à ce moment que Paul apparaissait sur le bord de l'eau. Mme Tafoureau retira vivement ses mains de celles de Théodule, et commença même à manifester le désir de rompre l'entretien.

— Adèle! s'écria Théodule à bout d'arguments, tu me réduiras au désespoir.

— Bah! tu te consoleras bien vite avec les petites ouvrières de la fabrique.

— Quelle calomnie! Tu ne seras contente que quand je me serai fait périr.

— Oh! si tu faisais cela!... s'exclama la blonde
Mme Tafoureau, dans un mouvement d'enthousiasme.

— Tu m'aimerais, dis ?

— Je t'adorerais, Théodule.

— Eh bien!... mais je suis bête! Puisque je serais
mort, je ne pourrais plus en profiter.

— Oh! reprit Adèle, après un moment de réflexion,
on en revient quelquefois.

— Alors, conclut Théodule découragé, c'est ton
dernier mot ?

— C'est mon dernier mot!

— Pourtant...

— Au revoir. Tu m'as fait manquer la messe de
neuf heures, et je ne suis pas assez en toilette pour
aller à la grand'messe.

Et après quelque hésitation, elle reprit le
chemin de la ville, mais assez lentement tout de
même, et avec de petits mouvements de tête réprimés, comme si elle eût eu quelque envie de le
rappeler.

III

Cependant, lentement et plongé dans ses amères
réflexions, Paul Besnard s'avançait vers « l'Etablis-
sement de bains froids » du père Arsène. Etablisse-
ment élémentaire et économique. La ville avait fait
construire une sorte de quai en planches, aujour-

d'hui vermoulues, qui s'avançait dans la rivière jusqu'à un endroit où l'eau avait plus de deux mètres, et qu'elle lui louait pour une somme très modique. En hiver, il y attachait tout simplement ses bateaux, qui servaient aux pêcheurs à l'épervier, ou aux canotiers amateurs de la ville qui s'exerçaient pour les régates annuelles.

L'été, au contraire, les bateaux, relégués à une extrémité du quai, laissaient la place libre pour les élèves du collège et autres gamins que le père Arsène initiait à l'art de la natation. Il leur attachait sous les aisselles une large ceinture, pourvue d'un anneau et d'une corde solide; ainsi équipés, il les engageait à se jeter à l'eau, et y poussait au besoin les plus timides; puis après les avoir laissés un instant se débattre, pour mieux apprécier leurs dispositions naturelles, les tenant suspendus à fleur d'eau, il leur prodiguait ses conseils et leur signalait verbalement les mouvements à exécuter. Quand il avait plusieurs élèves à la fois, il se contentait d'attacher la corde au quai, allant de l'un à l'autre et se bornant à relever un peu ceux qui paraissaient avoir de fâcheuses dispositions à aller au fond. Avec cette méthode sommaire, les plus intrépides parvenaient tout de même à apprendre quelque chose, et le père Arsène avait conquis la réputation d'un nageur d'élite, quoique personne ne l'eût jamais vu se mettre à l'eau.

Pour le moment, un peu au delà du quai, et en avant de sa cabane, il s'occupait à calfater le plus

vieux de ses bateaux, la pipe aux dents et parfaitement indifférent à ce qui pouvait se passer autour de
lui. Le silence le plus complet régnait sur la rive
déserte, et Paul qui l'arpentait d'un pas découragé
ne pouvait le troubler, sa mélancolie s'exhalant
dans un monologue muet, qu'il se murmurait men-
talement à lui-même.

— Alice avait évidemment quelque chose contre
lui. Mais quoi? Il n'avait jamais manqué à ses devoirs
conjugaux; c'était elle au contraire qui semblait
s'y dérober systématiquement. Et non seulement
cela, mais tout le reste lui manquait à la fois; ses
habits étaient mal entretenus, son régime alimentaire devenait déplorable, son intérieur d'une tris-
tesse inaccoutumée, et il sentait bien que sa santé
commençait à s'altérer. Résignation, docilité, caresses timides aussitôt repoussées, reproches voilés
et mêlés de tendresse, il avait tout essayé sans succès! La vue de la rivière lui inspirait des idées de
suicide; il connaissait des gens qui s'étaient détruits
eux-mêmes pour moins que cela; pour de simples
contrariétés; un de ses camarades s'était pendu,
parce que sa femme refusait obstinément de lui
donner du chocolat au lait le matin. Malheureusement, au mois d'octobre, l'eau commence à être
trop froide... et d'ailleurs M. Grattelard, son patron,
lui avait confié, la veille, la rédaction d'un inventaire
qu'il ne serait pas convenable de laisser inachevé.

De son côté, Théodule, planté debout à la place
où l'avait laissé son Adèle, semblait contempler le

paysage environnant ; mais son œil atone ne perce-
vait à peu près rien de ce qui l'entourait : ni l'Oise
dont les eaux doucement murmurantes reflétaient,
en le faisant légèrement trembler, le feuillage jauni
des grands peupliers ; ni Paul marchant de long en
large sur le quai de bois, les mains derrière le dos
et les yeux obstinément levés vers le ciel terne et
gris ; ni le père Arsène absorbé dans sa besogne et
qui lui apparaissait vaguement dans un nuage
formé par la double fumée de sa pipe et du goudron.

Un clapotis inattendu lui fit lever la tête, l'arra-
chant à sa rêverie ; comme cela semblait venir de la
rivière, il s'approcha tranquillement du bord, et ne
tarda pas à apprendre quelle en était la cause ; à ses
pieds, une planche brisée faisait un vide dans le
terre-plein du quai, et, sous cette planche, un
homme, évidemment inhabile dans l'art de la natation, se débattait avec des mouvements absolument
incorrects, impropres à le tirer d'affaire. C'était
Paul, qui, absorbé dans ses tristes réflexions, avait
marché sur la planche pourrie, et qui prouvait bien,
par l'énergie avec laquelle il se débattait, qu'il ne
s'était pas jeté à l'eau volontairement, comme auraient pu le croire ceux qui auraient entendu ses
lamentations.

— Eh bien ! se dit Théodule, c'est moi qui devrais
être à la place de ce particulier-là, si j'avais un peu
de cœur...

Puis, s'apercevant enfin que le noyé ne semblait
pas résigné à son sort :

— A moins, pourtant, qu'il ne l'ait pas fait exprès ;
ce qui paraît probable, à voir la façon dont il se dé-
mène... Mais, alors, c'est très différent ! s'il l'avait
fait exprès, il pourrait me reprocher, plus tard, de
m'être mêlé de ses affaires... Tandis que si, au contraire, il est en train de se noyer involontairement, il
me semble que mon devoir est de le tirer de là...

Il allait prendre son élan, quand il reprit le cours
de ses réflexions :

— Il est vrai, se disait-il, que je ne sais pas nager ;
mais il n'est pas loin du bord, et je n'aurai qu'à le
pousser un peu pour qu'il se raccroche aux poteaux
qui soutiennent le quai ; une fois là, il n'aura qu'à
me tendre la main, et je m'y cramponnerai à mon
tour !

Cependant Paul avait déjà avalé assez d'eau pour
perdre la respiration ; il s'enfonçait de plus en plus,
et on ne voyait déjà plus que ses cheveux et ses mains.
Théodule, comprenant l'urgence, se décida. Seulement, une dernière réflexion lui vint, qui le retarda
encore quelque peu : son veston était tout neuf, et
l'eau ne manquerait pas de le défraîchir ; en conséquence, il le retira, le plia avec soin, et le déposa
sur le quai. Après quoi, il se jeta à l'eau avec la gau-
cherie d'un novice qui n'a jamais pratiqué cet
exercice ; ce qui fait que, aussitôt enseveli dans la
masse du liquide, il commença à suffoquer et à se
débattre, d'une façon tout aussi incorrecte que celui
qu'il avait résolu de repêcher.

Heureusement un troisième personnage allait

apparaître à son tour. Le père Arsène sentait, depuis quelques minutes, une forte envie d'éternuer, causée par la fumée de sa marmite ; tout en satisfaisant à ce besoin, il écartait de ses mains étendues la fumée qui lui piquait les yeux et les narines, ce qui lui permit de voir la scène étrange dont son quai était le théâtre : aux approches de l'hiver, et par une température qui ne devait pas s'élever à plus de huit ou dix degrés au-dessus de zéro, un monsieur se précipitait allègrement dans l'Oise, après avoir méthodiquement déposé son habit sur le bord. Etait-ce un temps convenable pour se noyer? Et d'ailleurs, ne pouvait-il pas choisir un autre endroit que son établissement?

Pourtant Arsène ne pouvait pas hésiter. Tirer des gens de l'eau, c'était à peu près à cela que se bornaient les leçons de natation qu'il donnait, chaque été, aux jeunes collégiens. Il alla donc chercher un croc, emmanché d'une longue perche, qui lui servait à arrêter, sur la rivière, les bois flottants qui constituaient son ordinaire provision de combustible, et, après avoir fouillé quelque temps à la place où il voyait l'eau bouillonner, il ne tarda pas à ramener, non sans peine, car il lui paraissait plus lourd que de raison, le corps du noyé à la surface.

Mais alors, il comprit la raison du poids extraordinaire qu'il avait à soulever; au lieu d'un noyé, il y en avait deux, qui se tenaient si étroitement embrassés qu'il était impossible de repêcher l'un sans l'autre. Obéissant, comme il est d'ordinaire, à l'instinct de la conservation personnelle, Paul ayant, dans les mouvements convulsifs d'un homme qui suffoque, rencontré le bras de Théodule au moment où il revenait sur l'eau, s'était désespérément cramponné à cette épave providentielle; Théodule, qui se sentait suffoquer aussi, en avait fait autant, et tous deux avaient coulé à fond de compagnie.

Arsène, après quelques réflexions nécessitées par l'impossibilité matérielle où il se voyait de hisser à bord les deux noyés, ce qui leur donna le temps d'achever de perdre connaissance et de devenir plus calmes, se décida à les remorquer avec son croc jusqu'à l'extrémité du quai; là, une berge en pente douce lui permit de les amener assez facilement sur la terre ferme.

Quelques pêcheurs à la ligne qui somnolaient, non loin de là, à l'un des bouts de leur roseau, en attendant que quelque barbillon étourdi s'accrochât à l'autre bout, s'éveillèrent aux cris répétés d'Arsène, et se mirent en devoir de l'aider dans son œuvre philanthropique; deux brouettes furent réquisitionnées, dans chacune desquelles un des deux noyés fut placé, dûment calé avec quelques branches mortes empruntées aux peupliers de la berge; après quoi, sur l'avis judicieux de l'un des pêcheurs, le cortège se dirigea vers l'hôtel de la Gare, situé à environ deux cents mètres de là.

L'hôtel était plein de monde, vu que l'on attendait, ce jour-là précisément, un nouveau sous-préfet, dont le Gouvernement venait de gratifier l'arrondis-

sement. Sur la place de la Gare, la foule était massée,
assez difficilement contenue par la force publique,
représentée par la brigade de gendarmerie et par les
pompiers ; malheureusement, à cause d'une fête qui
avait lieu dans un village voisin, et qui était célèbre
pour les flans aux prunes que l'on y consommait en
abondance, le capitaine, sabre en main, le chef orné
d'un casque nickelé, n'avait pu réunir que quinze
de ses hommes, dont deux clairons et un tambour.

Dans la salle du bas, on étendit Paul et Théodule
sur une table, en ayant soin de leur tenir la tête
plus basse que les pieds, ce qui ne pouvait manquer
d'achever promptement de les asphyxier, s'ils ne
l'étaient pas encore. Mais alors, un sceptique — il y
en a partout — suggéra l'idée d'aller chercher un
médecin ; malheureusement, d'après les renseignements donnés par l'un et l'autre, il fut démontré
qu'on n'en trouverait aucun ; des trois médecins
établis dans la ville, l'un devait être auprès de la
femme d'un adjoint qui était en couches, et tout le
monde paraissait convaincu qu'il ne se dérangerait
pas pour si peu ; le second était parti en cabriolet dès
le matin pour faire une tournée dans les environs ;
quant au troisième, il était de notoriété publique
que, chaque dimanche, il partait pour Paris à la
première heure, et ne rentrait jamais que par le
train de nuit ; comme il était encore célibataire, on
pensait que, ce jour-là, il abandonnait le culte
d'Esculape pour celui de Vénus, et ses clients mariés
ne lui en savaient pas mauvais gré.

Par hasard, le vétérinaire du pays avait cru de son devoir de se mêler aux autorités pour recevoir le sous-préfet; il avait entendu dire qu'il avait cheval et voiture. Il s'offrit spontanément pour secourir les deux noyés; cette proposition surprit bien un peu les assistants, et l'un d'eux même se hasarda à objecter qu'il ne s'agissait pas d'un animal, mais de deux hommes, « comme vous et moi ». A quoi l'autre répondit que la noyade n'était pas un accident spécial à la race humaine, et que les animaux y étaient exposés aussi. Ce qui ferma la bouche à l'opposant.

On a remarqué que les vétérinaires ont généralement plus de décision que les médecins; ce qui tient peut-être à ce qu'ils sont habitués à ne rencontrer aucune objection de la part de leurs malades, et à ne pas tenir compte de leurs répugnances. De plus, celui-là lisait assidûment les comptes rendus de l'Académie de médecine, et y avait trouvé récemment une communication sur le traitement des asphyxiés ou des noyés par la « traction rythmée de la langue ».

Ayant mis habit bas, et s'étant fait donner, par habitude, un grand tablier de cuisine, il s'apprêta donc à opérer. Mais, comme c'était un homme de tête et qui raisonnait tout ce qu'il faisait, il pensa qu'il y avait urgence à commencer par celui des deux patients qui était resté le plus longtemps sous l'eau. Par suite de la même habitude d'esprit, il réfléchit que deux désespérés ne se rencontrent généralement pas le même jour, à la même heure et au même endroit pour mettre fin à leur existence; et que, par conséquent, on devait se trouver en présence de deux individus, dont l'un était le suicidé et l'autre le sauveteur. Il fallait commencer par le suicidé.

— Père Arsène, dit-il, lequel s'est jeté à l'eau pour sauver l'autre ?

— Ma foi ! je ne sais pas trop, répondit Arsène en se grattant la tête d'un air embarrassé. Tout ce que j'ai vu, c'est que celui-là (montrant Théodule) a retiré son habit avant de se jeter à l'eau.

— Alors, dit le vétérinaire sans hésiter, c'est celui-là qui voulait se noyer.

— Pourquoi cela ? s'écria l'assistant sceptique.

— Mon cher monsieur, il suffit de connaître la nature humaine...

— Bah ! reprit l'autre, ce n'est pas en soignant les bêtes que l'on apprend à connaître la nature humaine.

Le vétérinaire ne se fâcha pas; son contradicteur était un boulanger qui portait son pain dans une voiture aux alentours, et son cheval pouvait tomber malade un jour ou l'autre. Il reprit même d'un ton assez conciliant :

— Il y a, mon cher monsieur, des points sur lesquels les hommes et les bêtes se ressemblent terriblement.

— Vous avez beau dire! On n'a jamais vu un terre-neuve retirer son habit avant de se jeter à l'eau.

— Soit ! mais il en peut être autrement pour un

homme. Or vous remarquerez que, quand on est pour se noyer, assez souvent on hésite, on s'accroche à tous les prétextes pour retarder le moment fatal; retirer son habit, le plier, le déposer avec soin sur la berge, c'est user de tous les délais que la peur ou le regret suggèrent...

— Très bien! cria dans la foule un assistant qui devait une forte note au boulanger.

Le vétérinaire, encouragé, continua :

— Mais celui, au contraire, qui, voyant son semblable en danger, se sent aussitôt entraîné par l'altruisme à voler à son secours, quelle hésitation peut-il ressentir? Quel prétexte peut-il chercher pour retarder l'exécution de sa pensée généreuse? Vous voyez bien que c'est celui qui a retiré son habit qui est le suicidé!

Ce langage plein d'éloquence, et particulièrement le mot « altruisme » que personne n'avait compris, enleva l'assistance et ferma la bouche à l'opposant. Aussitôt le vétérinaire, armé d'une paire de pincettes qu'il avait réquisitionnée à cet effet, se mit à tirer, en mesure, la langue de Théodule qui, étant le moins noyé des deux, ne tarda pas à recouvrer ses sens, manifestant son retour à la vie par un formidable éternûment.

— Mâtin! murmura le père Arsène, il s'est enrhumé, pour sûr! On voit bien que l'eau était froide.

Ce fut ensuite le tour de Paul, qui témoigna une plus grande persistance à rester asphyxié, à la grande surprise de l'opérateur. Pourtant, au bout de pas mal de temps, il entr'ouvrait ses gros yeux de bon chien, sans bien distinguer encore ce qui se passait autour de lui, mais assez néanmoins pour faire espérer qu'il n'était pas mort.

Pendant ce temps, une servante de l'hôtel avait préparé deux lits dans un cabinet voisin, et les avait amplement bassinés. On déshabilla les deux réchappés, on les coucha, on leur fit boire à chacun un grand verre de vin chaud et sucré, et on eut la satisfaction de les entendre bientôt ronfler d'une façon tout à fait rassurante.

Cette cure merveilleuse fit un assez grand honneur au vétérinaire. Pendant le mois qui suivit, on vit sonner à sa porte un certain nombre de citoyens qui, n'ayant ni chevaux ni chiens, devaient évidemment venir le consulter pour eux-mêmes. Il a toujours prétendu s'être refusé à cet excès d'honneur; mais le plus vieux des trois médecins de Belleville, qui passe pour un homme d'esprit, ne se cache pas pour dire à qui veut l'entendre que, « si cet engouement continue, le médecin des bêtes ne tardera pas à devenir le médecin des imbéciles. »

IV

Celui qui aurait suivi Mme Tafoureau, s'éloignant après avoir lancé à Théodule son ultimatum empreint du plus pur scepticisme, se serait peut-être

11

aperçu qu'elle ne ressentait pas, au fond du cœur,
la parfaite indifférence avec laquelle elle l'avait prononcé. Elle ne marchait qu'à pas lents, jetant en
arrière des regards furtifs, et réprimant visiblement
un involontaire désir de retourner la tête, soit pour
s'assurer que le désespoir de son amoureux n'était
pas feint, soit même pour céder au secret atten-
drissement que ses paroles, son attitude et ses ser-
ments avaient éveillé dans un cœur qui n'était pas
aussi insensible qu'elle voulait le faire croire.

Elle essayait en vain de se dissimuler à elle-même
qu'elle avait toujours eu un faible pour lui; que,
pendant toute la durée de son union orageuse avec
défunt Tafoureau, c'était Théodule qui lui apparaissait comme le mari idéal qu'elle eût souhaité d'avoir;
que, s'il était dépensier, elle était, de son côté, assez
riche pour subvenir à des folies, que son influence
sur un mari très amoureux saurait réduire à des
proportions raisonnables; et qu'il fallait tout de
même qu'il eût des qualités secrètes d'une certaine
valeur pour être devenu, comme il l'était de notoriété publique, la coqueluche de toutes les jolies
filles de la localité.

Il est vrai que cette dernière considération n'était
pas non plus sans lui inspirer quelques craintes ja-
louses. Elle était très jolie, c'est vrai! Depuis qu'elle
était veuve surtout, on le lui avait tant et si souvent
répété que, malgré sa modestie naturelle, elle était
bien obligée de le croire. Mais, les hommes sont terriblement volages! La beauté les séduit, il est vrai,

pour un temps, mais ne les empêche jamais, une fois leur caprice passé, de retourner à leur caractère et à leurs mauvaises habitudes. Si ses charmes n'avaient pas suffi pour empêcher Tafoureau de la battre, ils seraient sans doute impuissants à empêcher Théodule de la tromper.

Ainsi elle retombait, une fois de plus, dans ces éternelles incertitudes qui l'avaient jusqu'alors tourmentée. Devait-elle épouser Théodule? Si le cœur disait « oui », la raison disait « non »; elle écoutait le cœur quand Théodule était là, et la raison quand elle ne le voyait plus; si le cœur parlait très haut quand elle était oisive, inoccupée, ou la nuit quand elle ne dormait pas, la moindre distraction, et principalement l'étude et la confection de ses toilettes, rendait la parole à la raison.

Justement, quoique ralentie par ses profondes réflexions, la marche l'avait tout de même conduite jusqu'à l'entrée de la ville, et, tout de suite après, jusqu'à la cathédrale qui s'élevait tout auprès. Là, la vue des dames endimanchées qui arrivaient pour la grand'messe lui fit comprendre qu'il n'était pas encore si tard qu'elle le croyait, et qu'elle aurait le temps d'y assister elle-même, sauf pourtant un bon quart d'heure qui lui était absolument nécessaire pour aller jusque chez elle changer de robe et de chapeau; la toilette qui lui avait paru suffisante pour la messe de neuf heures risquait fort de paraître ridicule pour une grand'messe.

Elle eut beau se presser, elle n'arriva qu'à l'offer-

toire. L'église était si pleine, qu'elle eut peine à se
placer; toutefois, dans un des bas-côtés, elle trouva
une chaise, à un endroit bien connu d'elle, d'où
l'on voyait en enfilade les premiers rangs des fidèles,
ceux où les dames les plus considérées et les plus
élégantes avaient leurs prie-Dieu marqués à leur
nom. En octobre, la température étant déjà passablement refroidie, on étrenne les toilettes d'hiver;
aussi, sauf les malades, elles étaient toutes là, les
unes pour se faire voir et les autres pour les regarder.

Il y avait pas mal de messieurs aussi; parce que,
les radicaux étant généralement libres penseurs, aller
à la messe est déjà une manifestation conservatrice.
On y remarquait nombre de gros bourgeois que
leurs pères, voltairiens, avaient mis aux lycées du
Gouvernement, et qui, eux, mettaient rigoureuse-
ment leurs fils dans des établissements congréganistes; des boutiquiers jaloux d'obtenir ou de conserver la clientèle des maisons riches; la plupart des
officiers de la garnison, dont la présence en ce lieu
aurait bien fait rire les petites dames de Paris qui
venaient, de temps à autre, leur faire une visite in-
téressée; quelques poivrots inscrits au bureau de
bienfaisance, et qui ne manquaient jamais de donner
un sou au prêtre chargé de la quête, auquel, le
lendemain, ils trouveraient bien moyen d'en sou-
tirer dix, pour aller boire un « cinquième ».

Mais toute cette portion de l'assistance était parfaitement indifférente à Adèle. Son attention se

concentrait uniquement sur les dames connues
pour les plus élégantes de la ville, et elle passait avi-
dement en revue les nouvelles toilettes qu'elles
étrennaient ce jour-là. Mme Duval (de Crapeaumesnil) arborait un chapeau de feutre gris orné d'une
hirondelle de mer du meilleur effet ; ce ne pouvait pas
être la modiste de Belleville qui lui avait fourni ça !
Mme Dumont (de Porquéricourt) s'allongeait indé-
finiment dans une robe feuille-morte, soutachée de
noir, si ajustée qu'il était facile de comprendre pourquoi elle n'avait jamais nourri aucun de ses enfants.
Mme Dupont (d'Ecorcheville) au contraire, laquelle
avait absolument renoncé à s'amincir, et pour cause,
étalait, dans une robe de velours grenat, à boutons
d'or ciselé, une poitrine et des hanches que lui aurait enviées la plus plantureuse nourrice bourgui-
gnonne. Enfin, Mlle Dufossé (de Gratepanse), la reine
incontestée de la haute société bellevilloise, inaugu-
rait une mode nouvelle, sous les espèces d'une pèle-
rine à collet droit, très élevé, et à bord crénelé, qui
lui donnait l'aspect d'un donjon du moyen âge, for-
tification jugée sans doute nécessaire à la défense
d'une vertu qui passait pour avoir déjà capitulé plus
d'une fois.

Etait-ce l'effet de son entrevue matinale avec
Théodule ? La vue de ces toilettes triomphantes ne
produisait pas, sur l'esprit d'Adèle, son effet accou-
tumé. Au lieu d'éprouver son sentiment ordinaire
de plaisir et d'émulation, une prudente appréciation
de ses moyens modestes et bornés lui inspirait plu-

tôt une sorte de découragement; elle n'était, et ne
serait probablement jamais assez riche pour lutter
de luxe et d'élégance avec ces dames ; et alors, il
serait sans doute plus sage à elle de chercher le
bonheur autre part.

Si même on en croyait le bruit public, leurs brillantes toilettes ne semblaient pas leur avoir garanti
le bonheur. M. Duval (de Crapeaumesnil) était un
viveur à peu près ruiné, et la modiste ou la couturière
de sa femme n'étaient pas plus régulièrement payées
que son tailleur. M. Dumont (de Porquéricourt) passait
pour un avare fieffé, et son épouse ne payait ses toilettes qu'en grattant sur la nourriture et les gages
de ses domestiques, qui, du reste, ne restaient jamais longtemps dans la maison. M. Dupont (d'Ecorcheville) avait longtemps délaissé madame pour les
belles impures, et la réduisait aujourd'hui à la condition de garde-malade. Quant à Mlle Dufossé (de
Gratepanse), si toutefois la chronique disait vrai,
aucun de ses amants n'avait été assez satisfait de
l'essai tenté, pour se décider à devenir son mari.

Alors, elle ne pouvait pas s'empêcher de se dire
que le vrai bonheur n'était peut-être pas dans la
satisfaction des vanités féminines, et qu'il y avait,
de par le monde, une certaine quantité de femmes
que leur fortune condamnait à s'habiller très modestement, mais que l'on s'accordait assez généralement à considérer comme très heureuses, parce
qu'elles vivaient en parfait accord avec leur mari,
elles tout à leur ménage, lui fidèle, rangé et éco-

nome, et, tous deux, exclusivement occupés d'élever, le mieux possible, une assez nombreuse famille.

Pendant ce temps, le prêtre, à l'autel, accomplissait
avec componction les rites sacrés : après le *Pater*,
il préparait le calice et l'hostie, puis il communiait
successivement sous les deux espèces, et nettoyait
enfin le calice, au milieu des ronflements, plus ou
moins harmonieux, de l'orgue qui, ce jour-là,
était tenu par une jeune pianiste de la localité, que
l'habitude de jouer des valses et des polkas entraî-
nait invinciblement à précipiter un peu trop la
mesure. Insensible à ces graves cérémonies, et trop
absorbée dans ses réflexions mondaines, Adèle
oubliait de se lever et de se rasseoir en même temps
que les autres fidèles, d'imiter à propos les signes
de croix de l'officiant, de s'abîmer dans la proster-
nation obligatoire au moment de l'élévation, et
scandalisait toute l'assistance en demeurant debout,
inattentive, l'œil fixé sur un vitrail du chœur, où la
sainte Vierge était représentée berçant sur ses
genoux l'Enfant Jésus, tout nu, qui lui faisait une
gentille risette, tandis que le bon saint Joseph
veillait sur eux avec une abnégation méritoire.

Adèle, au fond, avait toutes les qualités de la femme
et de la mère. Un de ses regrets était de n'avoir pas
eu d'enfant de son premier mariage. Il lui semblait bien
que, ayant à élever une petite fille, et surtout un
petit garçon, elle aurait concentré dans cette douce
tâche toutes ses facultés aimantes, et qu'elle n'aurait peut-être pas alors songé à se remarier.

Et même, oubliant la situation particulière de saint Joseph, qui avait généreusement assumé les charges de la communauté, sans ses bénéfices, elle se laissait aller, dans une rêverie pleine de charmes, à lui prêter les traits de Théodule, et croyait se voir elle-même berçant tendrement un joli bébé dont il serait le père; réalisant ainsi une sorte de bonheur dont les belles dames qu'elle venait d'admirer ne semblaient pas se soucier beaucoup, et qui, pourtant, vaudrait peut-être mieux que celui d'étaler aux yeux de tous les plus brillantes toilettes.

Cependant, la messe s'achevait; les fidèles, après avoir reçu la bénédiction du prêtre, s'écoulaient assez rapidement, surtout ceux qui ne venaient à l'église que pour faire une manifestation antirépublicaine. Le bruit des chaises remuées arracha Adèle à ses réflexions, et elle sortit une des dernières, encore assez absorbée même pour oublier de prendre de l'eau bénite à la porte. Sur la place, un rassemblement s'était fait autour de la jeune organiste, qui recevait, d'un air modeste, les félicitations de l'aristocratie locale; quoique appartenant à une famille roturière, ainsi qu'il était facile de s'en rendre compte en voyant l'air, à la fois humble et épanoui, de la bonne bourgeoise sa mère qui l'accompagnait, elle avait réussi, à force de souplesse de caractère et de ferveur religieuse, à se faire accepter dans la haute société.

Mme Tafoureau, qui n'avait pas les mêmes privilèges, et qui, en sa qualité de charcutière, avait eu moins de relations avec ces dames qu'avec leurs cuisinières, se faufilait modestement loin de ce groupe aristocratique, et gagnait assez rapidement une ruelle presque déserte qui la conduirait à son domicile. Mais, au moment où elle s'en approchait, un murmure toujours grossissant de voix aiguës parvint à ses oreilles ; les exclamations pitoyables s'entre-croisaient, partant d'un groupe de femmes qui allaient en sens contraire, et semblaient se diriger vers les bords de la rivière. Mais ce qui l'étonna le plus, c'est que ces mêmes voix s'arrêtaient ou s'abaissaient au moins jusqu'au murmure, au fur et à mesure qu'en se rapprochant ces femmes semblaient la reconnaître. Et, en effet, elles braquaient sur elle des regards embarrassés, en tournant la tête. Cependant, cédant probablement à l'instinct, elles ralentissaient le pas et même finissaient par s'arrêter, entourant Mme Tafoureau, et l'empêchant d'avancer.

Ce ne fut d'abord qu'un murmure indistinct ; puis les voix s'enhardirent et laissèrent échapper quelques mots plus précis : « Quel malheur... qui s'y serait attendu... pourvu qu'il en réchappe... » Enfin, plus hardie ou plus inconsciente, une des femmes s'écria :

— Ce pauvre M. Théodule !

Et, comme l'air effaré de Mme Tafoureau semblait indiquer quelque émotion, toutes, à l'envi, s'empressèrent de lui annoncer la fatale nouvelle. Un cri de désespoir jaillit de la gorge d'Adèle.

— Il me l'avait bien dit ! Et moi qui ne le croyais pas !

Et, sans plus marchander, suivie de l'escadron sympathique des femmes, elle s'élança dans la direction du rivage.

V

Tandis que les deux noyés, grâce à la chaleur du lit combinée avec celle du vin, trouvaient peu à peu, dans un sommeil réparateur, le rétablissement de leurs fonctions organiques, un grand bruit de tambours, de clairons et de vivats annonçait l'arrivée du nouveau sous-préfet, et attirait rapidement tous les curieux sur la place de la Gare.

La salle d'attente des premières classes avait été, dès le matin, avec l'autorisation du chef de gare, et par les soins de la municipalité, décorée et pavoisée pour la cérémonie. Les écussons aux armes de la ville, surmontés de cartouches portant les initiales R. F. et entourés de drapeaux français et russes, selon un usage récent, ornaient tous les murs ; des rideaux rouges, frangés d'or, masquaient les fenêtres, ce qui avait l'inconvénient de diminuer un peu le jour, tout en donnant à tous les objets, et particulièrement au visage des autorités, un reflet d'une teinte chaude qui, pour ce qui concerne au moins les assistants, pouvait passer pour un témoignage de leur bonne santé et de leur belle humeur.

Les fauteuils de la salle du conseil municipal,
quoiqu'ils fussent en velours bleu passé, ce qui
jurait avec les tentures rouges, avaient été réqui-
sitionnés, pour servir de siège au sous-préfet, au
commandant de la garnison, au maire et à M. le
curé, représentant les différentes branches de
l'administration. Au centre de la pièce, une
table avait été dressée, sur laquelle on voyait des
verres à champagne, des pyramides de biscuits, et le
vin d'honneur représenté par un cidre mousseux de
la fabrication du deuxième adjoint, et qui passait
pour un des plus remarquables produits du canton.

A droite était aligné le conseil municipal au complet, le maire et les adjoints en tête, en habit et
cravate blanche, sauf un agent d'assurances, nommé
au ballottage, et qui, passant pour le représentant du
parti socialiste, avait cru se devoir à lui-même, et
à ses convictions, de revêtir sa redingote de tous
les jours avec une cravate cramoisie.

A gauche, le curé et son vicaire, le commandant
et son aide de camp, le secrétaire de la sous-préfecture portant son inséparable parapluie, les
représentants de toutes les administrations locales,
et même le vétérinaire qui avait trouvé le moyen de
se faufiler dans la foule, mais qui avait eu la modestie de se tenir au second rang, à côté du vérifi-
cateur des poids et mesures. Dans la salle des
secondes classes, la fanfare était groupée sous la
conduite de son chef; l'orphéon dans la salle des
troisièmes; enfin, sur le quai, le capitaine des pom-

piers avait aligné avec soin ses quinze hommes, dont, par bonheur, les plus obèses de la compagnie étaient absents, ce qui avait singulièrement facilité la manœuvre.

Au coup de sifflet de la locomotive, le train ayant stoppé, le sous-préfet, en grande tenue, descendit d'une première, tout galonné d'argent, la poitrine chamarrée d'une quincaillerie volumineuse : palmes académiques, croix du Mérite agricole, et, au milieu de plusieurs médailles au ruban tricolore, l'éléphant du Cambodge, ou du Siam, ensemble merveilleux qui frappa de respect et d'admiration la foule de ses administrés.

Aussitôt, le capitaine leva son sabre, et le tambour battit aux champs, accompagné à contre-mesure par les deux clairons. Puis, tandis que M. le maire s'avançait sur le seuil de la porte pour introduire le sous-préfet qui l'accueillit d'une chaleureuse poignée de main, la fanfare jouait la *Marseillaise*. Ensuite, la chorale entonna le grand air de *Charles VI*, par une délicate allusion à la guerre des Boërs. Enfin la fanfare terminait par l'hymne russe, qui excita, comme de raison, un enthousiasme universel.

Pendant ce temps, c'est-à-dire pendant une bonne demi-heure, le sous-préfet restait patiemment debout, la tête découverte, et les yeux obstinément fixés sur les bouteilles, à cause de la grande quantité de poussière qu'il avait avalée dans le train. C'était un petit boulot, blond, mais presque complètement chauve, avec une barbe frisottante, qu'il avait l'habitude de tirer assez fréquemment, dans l'espoir toujours trompé de l'allonger en pointe.

Ancien député du centre, et cher aux opportunistes, il venait d'être nommé sous-préfet par un ministère de concentration républicaine-conservatrice, pour le consoler du tort que ses électeurs lui avaient fait, au dernier renouvellement de la Chambre, en lui préférant un radical. Au demeurant, le meilleur homme du monde, toujours prêt à obliger et à promettre, sauf qu'il avait conservé, de son passage à la Chambre, l'habitude de n'écouter personne et d'interrompre à tout propos.

C'est ce qui ne manqua pas de lui arriver, à plusieurs reprises, pendant le discours du maire, qui succéda immédiatement à la musique ; mais toujours d'une façon courtoise, et surtout approbative, comme il convenait, ce qui ne laissa pas, pourtant, de l'allonger considérablement. Le maire, quoique marchand de bois à brûler, avait peu de littérature, et son discours s'en ressentit, en ce sens que, selon un de nos plus distingués critiques, il est beaucoup plus difficile de les faire courts que longs.

Il avait cru devoir, pour ne pas faire de mécontents, présenter successivement et nominativement les adjoints et tous les conseillers municipaux, en énumérant les qualités morales et physiques qui les distinguaient. Ensuite il parla avec détails des monuments de la ville, des principaux produits de son industrie, et du bon esprit de la population. Enfin, à bout de salive, il termina par un chaleureux compliment de bienvenue au sous-préfet, et l'invita à boire le vin d'honneur qui lui était cordialement offert.

Le sous-préfet sentait bien qu'il ne pouvait pas s'en tirer à moins d'un remerciement bien senti, et proportionné, quant à la longueur, au discours qui venait de lui être adressé; mais, craignant que les autres chefs de service ne prissent la parole à leur tour, ce qui aurait retardé d'autant l'occasion de faire descendre la poussière qui l'étranglait, il se hâta d'accepter la proposition du maire, ajournant sa harangue après boire.

Le cidre détona très convenablement, ce qui, du reste, était sa qualité dominante, les verres furent aussitôt remplis, et, après le choc réglementaire, le sous-préfet s'empressa de vider le sien. Mais, malgré son habitude des cérémonies officielles, et de l'impassibilité qu'elles comportent, il ne put retenir une grimace de surprise et de désappointement, en s'apercevant que le champagne municipal avait été fabriqué avec des pommes. Heureusement les autres, plus habitués que lui à cette boisson régionale, la dégustaient avec une satisfaction non dissimulée, laquelle, les induisant à fermer les yeux en buvant, les empêcha de constater la déconvenue du sous-préfet.

A ce moment, le vétérinaire, n'osant prendre la parole dans une aussi auguste assemblée, avait annoncé à voix basse au conseiller socialiste, qui était de ses amis, l'événement de la matinée, non sans appuyer sur le procédé scientifique qu'il avait

eu la bonne fortune d'expérimenter le premier, et
avec succès, dans le département, pour rappeler à
la vie ceux qu'il se croyait en droit d'appeler « le
suicidé et son sauveteur ». Le conseiller, heureux
de faire supposer à tous que le maire ignorait parfois ce qui se passait dans sa cité, s'empressa d'annoncer au sous-préfet qu'un acte de courage et de
dévouement venait de se produire, au moment même
de son arrivée, comme pour mieux se signaler à la
bienveillance de l'administration.

C'était une belle occasion d'échapper à l'ennui
des cérémonies officielles et au cidre municipal, et
d'inaugurer ses fonctions d'une façon peu ordinaire.
Le vétérinaire, interrogé, se hâta de donner comme
véridiques les détails qu'il avait tout simplement
imaginés, et profita de la circonstance pour expliquer les avantages de la « traction rythmée » inven-
tée par un membre de l'Académie de médecine.
Mais le sous-préfet, interrompant sa démonstration,
s'informa du lieu où se trouvaient les deux noyés,
et entraîna l'assemblée entière jusqu'à l'hôtel de la
Gare pour se livrer en personne à une enquête qu'il
déclarait nécessaire, et dans l'espoir de s'y faire servir un bock, dont il ressentait un impérieux besoin.

VI

Juste à ce moment, Théodule s'éveillait, complètement remis. Deux heures de bon sommeil lui

avaient rendu tous ses avantages naturels, sauf sa
bonne humeur qu'altéraient, d'une part, le souvenir
de son entretien avec Adèle, et, de l'autre, le reproche qu'il s'adressait à lui-même de s'être bêtement jeté à l'eau sans savoir nager, et pour sauver
un particulier qui avait failli le faire se noyer lui-
même.

Il s'habilla lentement, éprouvant encore une certaine consolation à retrouver son veston neuf en
parfait état, grâce à la précaution qu'il avait prise
de le retirer avant d'exécuter son plongeon. Une
douce chaleur lui faisait comprendre que la circula-
tion était tout à fait rétablie dans son individu, et
que son teint devait avoir repris toute sa fraîcheur.
Ce qui était vrai, sauf deux énormes taches de goudron étalées sur ses joues, et qui prouvaient que le
père Arsène avait négligé de se nettoyer les mains
avant de le tirer de l'eau.

Peut-être allait-il s'en apercevoir dans une glace,
devant laquelle il s'apprêtait, avec cette coquetterie
d'habitude qui est aussi ordinaire aux jolis garçons
qu'aux jolies femmes, à réparer le désordre de sa
noire chevelure, quand le grand bruit que faisait le
cortège du sous-préfet, en se dirigeant vers l'hôtel,
l'attira à la fenêtre. En même temps le vétérinaire,
suivi du père Arsène, se précipitait dans la chambre,
annonçant l'arrivée des autorités, et se mettait à secouer violemment le pauvre Paul qui, beaucoup plus
noyé que son compagnon, avait sans doute besoin
d'une plus forte dose de sommeil pour se remettre.

A eux trois, ils le tirèrent du lit, le mirent debout, tout chancelant encore et tout engourdi, et se
hâtèrent de le vêtir décemment pour recevoir les
autorités. Au fond, Paul avait l'esprit à peu près
aussi complètement égaré que la vue; il ne savait
plus trop où il était ni ce qui s'était passé; il se
laissait faire comme dans un rêve, ne ressentant
guère autre chose qu'un grand délabrement d'estomac, qui tenait à ce que, son café au lait du matin
ayant suivi le sort de l'eau qu'on lui avait fait rendre,
il pouvait, à bon droit, être considéré comme étant
à jeun depuis la veille. Sa tête, participant à l'affai-
blissement général, lui faisait l'effet d'être absolument vide, et, en effet, le souvenir de ses griefs contre
sa femme, et de la catastrophe qui en avait interrompu l'énumération, avait complètement disparu.

Ce fut dans cet état d'hébétude vague qu'il entre-
vit s'avancer le cortège, en tête duquel marchaient
le maire avec son écharpe et le sous-préfet tout
galonné d'argent.

— Eh bien! docteur, fit ce dernier, en s'adressant
au vétérinaire qu'il avait pris pour un médecin,
lequel des deux a sauvé la vie à l'autre?

— C'est celui-ci, monsieur le sous-préfet, répondit le vétérinaire en montrant Paul.

— Vous en êtes sûr?

— Parfaitement sûr, et la preuve...

Il allait recommencer sa distinction entre le désespéré qui s'attarde à retirer son habit, et le sauveteur qui se jette à l'eau sans réfléchir à rien, quand

12

le sous-préfet, cédant à son habitude, l'interrompit :

— Monsieur et cher concitoyen! prononça-t-il avec emphase en s'adressant à Paul, l'acte de courage et de dévouement que vous venez d'accomplir, en sauvant la vie de ce pauvre diable...

Théodule, plus complètement remis que Paul, se rappelait avec une certaine précision que c'était lui qui avait fait la bêtise de se jeter à l'eau pour retirer l'autre; il n'attachait à ce fait aucune idée d'ambition ou de gloriole, mais il croyait néanmoins se devoir à lui-même de rétablir la vérité des faits. Un peu intimidé, malgré son aplomb habituel, par l'uniforme du sous-préfet, ce fut au vétérinaire qu'il s'adressa :

— Monsieur Perrotin, dit-il, on voit bien que vous n'étiez pas présent, sans quoi vous auriez vu...

Comme tous les grands interrupteurs, le sous-préfet ne pouvait pas souffrir être interrompu.

— Mon cher ami, reprit-il en élevant le ton, non sans une certaine familiarité dédaigneuse, rassurez-vous! ce que vous avez fait là n'est pas très louable, mais on ne vous demandera pas les motifs de votre suicide; à condition seulement que vous promettiez de ne plus recommencer.

Puis, se tournant vers Paul, et réfléchissant que le moment était venu de placer son discours, que l'occasion lui fournissait un excellent sujet, et que sa gorge était suffisamment rafraîchie par le bock qu'il avait pris en entrant à l'hôtel, il reprit, mais cette fois avec plus de condescendance et même de cordialité, en raison de ce qu'il s'adressait au sauveteur, et non plus au suicidé :

— Je suis heureux, et profondément touché, de ce que cet acte glorieux que vous avez accompli...

— Pardon .. balbutia Paul, qui n'avait aucun souvenir d'avoir accompli un acte glorieux quelconque...

— Voyons ! s'écria le sous-préfet, furieux d'être encore interrompu, cette modestie de votre part est très honorable, mais vous ne pouvez pas nier...

— On pourrait, hasarda timidement le vétérinaire, en appeler au témoignage du père Arsène qui a assisté à cette scène dramatique.

Sur un coup d'œil interrogateur du sous-préfet, le père Arsène avança d'un pas, tortillant d'un air embarrassé le bonnet de laine multicolore qui lui servait de coiffure. L'uniforme galonné du sous-préfet, l'épée, le tricorne, tout cela l'intimidait beaucoup ; il avait conservé, de son temps de service militaire, le respect du galon, mais il avait beaucoup de peine à déterminer, au juste, le grade auquel son interlocuteur avait droit.

— Faites excuse, mon officier ! Moi, vous comprenez, j'en ai vu un se jeter à l'eau, c'est vrai ! mais je ne me rappelle plus si c'est le premier, ou le second. Après ça, quand je les ai halés avec mon croc... dame... on ne pouvait plus les reconnaître, tant qu'ils étaient mêlés...

Un murmure de désappointement accueillit cette déclaration ambiguë. Personne n'était content ; ni le sous-préfet qui voyait son effet d'éloquence man-

qué, ni le maire et les autres assistants qui avaient
espéré se trouver témoins d'un événement mémo-
rable qui aurait fait époque dans les annales de la
localité, ni surtout le vétérinaire qui craignait de
voir contredite son ingénieuse explication. Il n'y
avait que le conseiller socialiste qui se réjouissait
de voir l'embarras des autorités constituées.

Théodule était seul en état de mettre fin à ce qui-
proquo. Cela l'ennuyait bien un peu, à cause des
explications qu'il aurait à donner, sa situation de
sauveteur, incapable de se sauver lui-même sans
le croc du père Arsène, ne lui apparaissant pas
exempte de ridicule ; mais enfin, il la préférait
encore à celle d'un imbécile qui se jette à l'eau par
dépit amoureux, ou qui s'y laisse tomber par mala-
dresse, dilemme dans lequel il serait inévitablement
pris, si l'on ajoutait foi à l'explication fantaisiste du
vétérinaire.

Déjà il s'avançait vers le groupe des autorités,
cherchant quelque grande phrase qui ne com-
promît pas sa réputation de beau parleur, quand un
grand tumulte s'éleva, en dehors de la porte, dans
la grande salle de l'hôtel. Des voix aiguës de femmes
jetaient à la foule des appels désespérés :

— Laissez-la passer !... Faites de la place !... C'est
sa femme !...

Et une autre voix, entrecoupée de sanglots domi-
nant le brouhaha, s'écriait :

— Théodule !... Il l'avait bien dit !... Est-il sauvé ?
Au même instant, perçant la foule, grâce au con-

cours d'une demi-douzaine de commères aux bras
nus, une femme s'élança, en grande toilette, mais
le chapeau de travers et le corsage en désordre. Sans
respect pour les uniformes, les décorations, les
écharpes tricolores, elle courut à Théodule et tomba
à demi évanouie dans ses bras.

— Oh! Théodule... murmurait-elle d'une voix
brisée par l'émotion... pardonne-moi... j'avais cru
que tu disais ça pour rire... mais maintenant...
maintenant je vois bien que tu m'aimes, puisque tu
as voulu mourir pour moi!...

Cette intervention changea complètement les idées
de Théodule. Voyant que son prétendu suicide
avait terminé les hésitations de Mme Tafoureau, il
se résolut à le confirmer envers et contre tous. Il
pensa donc que le moment était venu d'offrir à
son sauveur imaginaire le tribut public de sa reconnaissance, et il essaya de redresser Adèle qui
demeurait immobile contre lui. En même temps,
les femmes qui l'avaient suivie, la croyant évanouie,
s'empressaient autour d'elle, mais on ne parvenait
pas à la séparer de Théodule ; sa joue, dans une
chaleureuse embrassade, s'était prise dans la grosse
tache de goudron qui s'étalait sur la joue du suicidé.

A ce spectacle émouvant — car beaucoup des
assistants croyaient à une syncope d'Adèle — un
murmure de sympathie se fit entendre, suivi cependant d'un accès unanime d'hilarité, quand la cause
réelle de cette union indissoluble apparut à tous les

yeux. Les autorités elles-mêmes, avec la bon-
homie habituelle aux habitants de Belleville, se
laissaient aller à la joie générale, sauf le sous-préfet,
qui trouvait que sa réception prenait une tournure
absolument exempte de solennité.

— Messieurs, dit-il, laissons ces braves gens à
leurs expansions intimes; de plus sérieuses préoccupations nous réclament. Et d'abord l'auteur de
cette scène émouvante, l'homme courageux qui
s'est dévoué, au péril de sa vie, pour sauver celle
de son semblable, mérite bien que nous rendions
un public hommage à son noble caractère. Aussitôt
qu'il sera instruit des événements de ce jour,
M. le ministre ne manquera pas d'envoyer la médaille de sauvetage que je vais demander, dès demain, pour notre désormais célèbre concitoyen.
Mais, dès aujourd'hui, je veux avoir le plaisir d'attacher moi-même ce signe de distinction sur sa noble
poitrine.

Et, en même temps, détachant une des nom-
breuses médailles dont il était chamarré, il l'attacha
sur la redingote encore humide de Paul, qui, abruti
par la fatigue, la faim et un reste d'asphyxie,
tournait vers lui ses gros yeux ronds de bon chien,
où régnait la plus parfaite inconscience. Aussitôt,
de chaleureux bravos se firent entendre, ce qui était
la seule interruption dont le sous-préfet ne se for-
malisât pas. Aussi reprit-il aussitôt son discours, sans
la moindre marque de mécontentement.

— M. le maire, ajouta-t-il d'un ton de char-

mante modestie, vient de m'apprendre qu'un banquet de bienvenue avait été organisé en mon honneur. Ma reconnaissance est sans bornes. Etre
ainsi accueilli dans cette charmante cité, crée pour
moi des obligations auxquelles je ne faillirai
jamais. Mais permettez-moi de vous dire que le
véritable héros de la fête sera M. Besnard, qui
va être assis à la table d'honneur à mes côtés.
Allons, messieurs, fraterniser la coupe en main.
Qu'un cortège se forme, et montrons aux habitants
de Belleville le courage et le dévouement honorés
dans la personne de M. Besnard!

Et, passant son bras sous celui de Paul, le sous-
préfet sortit de la salle. La foule et le conseil municipal s'empressèrent de le suivre. Les pompiers et
les musiciens encadraient les autorités. Paul, décoré de la médaille de sauvetage, marchait en tête,
encore mal éveillé; insensible à la gloire, aux hon-
neurs, peut-être même insoucieux de ses malheurs
domestiques, tant il se sentait dominé par des besoins animaux non satisfaits, il marchait en chancelant, les yeux à demi fermés, dans un anéantis-
sement de tout son être, que la foule émerveillée
prenait pour l'effet de l'humilité et de la modestie.

L'assistance tout entière s'écoula derrière le cortège. La curiosité, l'enthousiasme l'entraînaient,
même les femmes, que le roman d'amour d'Adèle et
de Théodule avait tout d'abord passionnément inté-
ressées. Comprenant les avantages de sa nouvelle situation, Théodule affectait la modestie d'un

sentiment vrai enfin récompensé; Adèle laissait
franchement éclater sa satisfaction. Enfin elle était
sincèrement aimée! Il avait préféré la mort à la
perte de ses espérances! Celui-là la rendrait heureuse, en la dédommageant des brutalités de Tafoureau!

— Oh! Théodule, murmurait-elle en s'appuyant
tendrement à son bras, dire que tu as voulu te périr
par amour pour moi! Et moi qui ne voulais pas te
croire. J'aurais pourtant été la cause de ta mort, et
désespérée le reste de ma vie, si ce bon M. Besnard ne t'avait pas repêché... Théodule! tu lui feras
son portrait pour rien; nous lui devons bien ça!

VII

Cependant, tandis que Paul marchait ainsi,
presque soutenu par un sous-préfet, tant il se sentait encore faible, et à la tête d'un cortège triomphal, son honneur conjugal courait les plus grands
hasards. Demeurée seule à la maison, Alice préparait lentement un déjeuner dont les œufs de sa provision devaient faire tous les frais. Mais sa pensée er-
rait au loin. Il y avait une voix mystérieuse qui
répétait les vers de Fortunio à son oreille. Elle
les récitait doucement. Elle les scandait de façon à
faire valoir toute leur harmonie:

> *Alice — est l'étoile — brillante*
> *Que mon regard — suit dans les cieux...*

Et ils étaient tout au long dans le journal de
Belleville! Il y avait bien cinq à six cents personnes
qui les avaient lus. Savaient-elles qu'Alice c'était
elle-même?... Comme c'était flatteur d'avoir le pri-
vilège d'inspirer un poète!... un poète ce n'était pas
un homme comme tout le monde... Une femme devait être bien heureuse, quand elle était aimée pa'
un poète.

Quand de semblables idées hantent la cervelle
d'une femme encore jeune, et quand son mari est
un simple clerc de notaire, un homme qu'aucune illustration ne désigne à la considération
générale, on peut dire, sans crainte de se tromper,
que la malheureuse est mûre pour l'adultère ;
la catastrophe ne dépend plus que d'une occasion,
ou du plus ou moins de hardiesse de l'amant. Or,
à ce moment précis, un coup timide fut frappé
à la porte d'Alice, et celle-ci, croyant à la visite
inoffensive de quelque voisine, ou d'un fournis-
seur, alla l'ouvrir sans défiance.

Pâle, comme il convient à un poète romantique,
ses longs cheveux rejetés en arrière, ses yeux blancs
tournés vers le plafond, l'ineffable Bidault se dessi-
nait dans la pénombre du carré, intimidé toutefois
par la présence de sa bien-aimée. Il avait cédé à
une résolution désespérée, quand, tout à l'heure,
mêlé à la foule des fonctionnaires que leur devoir
précipitait au-devant du nouveau sous-préfet, il
avait assisté aux incidents grâce auxquels il voyait
Paul engagé dans une aventure qui allait probable-

ment, pour le reste de la journée, le tenir écarté de son domicile. Mais, semblable au patient dont le courage factice s'évanouit en touchant le cordon de la sonnette du dentiste, une défaillance subite s'était emparée de lui en voyant Alice elle-même lui ouvrir la porte du sanctuaire.

De son côté, interdite et ne comprenant rien à ce jeu du hasard qui faisait apparaître à ses yeux, en chair et en os, le fantôme qui, depuis quelque temps, la poursuivait le jour — et même parfois la nuit — Alice demeura sans voix et sans regard, les yeux baissés, clouée au seuil de la porte, aussi rouge que Bidault était pâle. Machinalement, Bidault fit un pas en avant. Instinctivement, Alice en fit un en arrière. La fenêtre étant ouverte, un courant d'air poussa la porte qui se ferma bruyamment. Les deux jeunes gens demeurèrent seuls, enfermés, mais aussi interdits l'un que l'autre.

Il y a deux sortes de courage : le courage de l'esprit, et le courage du corps ; généralement, ceux qui sont doués du premier sont plus courageux de loin que de près. Les poètes les plus hardis sur le papier sont parfois très timides sur le terrain. Alice se sentit revenir un peu de présence d'esprit en voyant Bidault si intimidé. Du coup, Paul, sans le savoir, gagna un point : il acquit la chance de ne pas être trompé à la première rencontre. Pourtant, ce n'était encore qu'une chance.

En effet, si Bidault, emporté par la passion, se fût jeté aux pieds d'Alice, lui eût saisi les mains, lui

communiquant une partie au moins de l'ardeur
qui eût dû l'enflammer, il faut avouer qu'elle était à
peu près sans défense, et bien préparée par ses rê-
veries des derniers jours à une chute qui eût été
ardemment sollicitée. Mais Bidault n'était pas
l'homme des assauts téméraires; il était plutôt de
ces singuliers organismes chez qui la jouissance
est plus cérébrale que corporelle.

Cependant, la poésie ne perd jamais ses droits.
Toute situation, chez un poète, éveille une sensation, et toute sensation aboutit à une rime. De loin
d'abord, puis les distances s'effaçant peu à peu, une
prose rythmée s'échappait des lèvres du jeune
homme, pour venir retentir dans l'oreille de la
jeune femme. C'était d'autant plus dangereux, que
cela la laissait sans défiance; ce n'était pas agressif,
mais ce n'en était que plus insinuant. La violence
provoque la résistance, et la douceur l'engourdissement; et pour une femme, il est quelquefois bien
dangereux d'être engourdie.

Le fait est que, au bout de quelques minutes,
Alice, à force de reculer, s'était trouvée cernée dans
un coin de la chambre, et que Bidault s'échauffait
petit à petit au son de ses paroles, au point d'avoir
avancé vers elle un bras téméraire, et même de
l'avoir arrondi autour de sa taille. On ne peut pas
dire comment aurait fini une entrevue ainsi com-
mencée, pourvu que la défaillance originelle de Bidault se dissipât au contact d'Alice. Déjà ses dernières
paroles avaient des murmures de baisers, quand un

grand bruit de voix et de pas se fit entendre par la
fenêtre ouverte et occasionna entre eux une surprise
qui dissipa un peu l'engourdissement de l'une, et
suspendit momentanément les entreprises de l'autre.

Par une rue transversale la maison avait vue sur
la grande rue de Belleville, que le cortège, en route
pour la salle du banquet, descendait au bruit des
fanfares et des acclamations. En tête, l'orphéon,
composé d'une vingtaine de choristes triés parmi les
voix les plus retentissantes de l'endroit. Ensuite les
deux clairons et le tambour dont c'était le tour de
régler les pas de la foule. Enfin, entre deux files de
pompiers que leur capitaine avait eu soin d'espacer
de dix en dix pas, les personnages officiels : le maire,
les adjoints, le conseil municipal auquel effronté-
ment s'était adjoint le vétérinaire, encore tout fier
de ses récents exploits thérapeutiques.

Alice avait la vue perçante. Elle distinguait aisément les figures. Qu'est-ce que cela voulait dire ?
C'était Paul, Paul lui-même, au bras d'un sous-
préfet tout galonné d'argent, en tête du cortège
triomphal..... Etait-il donc devenu un personnage ?... Tout émue, férue d'une curiosité intense,
elle se penchait à la fenêtre, à croire qu'elle voulait
se précipiter dans la rue. Instinctivement, Bidault
essayait de la retenir, et profitait de l'occasion pour
entourer sa taille de ses bras, et pour serrer contre
lui la partie la plus rebondie de son individu. Le
contact agissait sur ses sens et allait peut-être le
rendre plus entreprenant.

Soudain, des coups pressés retentirent, frappés à la porte de l'appartement. Bidault, surpris, abandonna sa position compromettante, tandis qu'Alice se redressait épouvantée, et se demandait si ce n'était pas Paul lui-même, ou le sous-préfet, ou quelque autorité municipale, et ce qu'on allait dire en la trouvant en compagnie de Fortunio. Mais la femme la plus innocente ne manque pas d'une certaine astuce ; à plus forte raison quand elle se sent quelque peu répréhensible. Alice poussa vivement Bidault effaré dans un cabinet noir dont elle ferma la porte, et alla ouvrir celle du carré.

Théodule et Adèle étaient sur le seuil. Adèle tendrement appuyée au bras de Théodule. Théodule assez embarrassé du sot personnage qu'il se sentait obligé de jouer pour conserver les bonnes grâces d'Adèle.

— Madame, dit celle-ci en saluant, nous venons, mon futur mari et moi, vous dire que nous n'oublierons jamais ce que nous devons à M. Besnard. Théodule allait se noyer, madame, par désespoir... Oui, ajouta-t-elle avec des larmes dans la voix, j'avais eu la méchanceté de douter de son amour, et sans le courage de M. Besnard, qui s'est bravement jeté à l'eau pour le repêcher.....

— Comment ! Paul... interrompit Alice étonnée.

— Oui, madame, lui-même ! mais M. le sous-préfet le sait, et il l'a décoré de sa propre main.

— Décoré ! !

— Oui, madame, de la médaille de sauvetage...

ça se porte à la boutonnière... comme la croix d'honneur.

— Avec un ruban ? dit Alice toute joyeuse.

— Oui, madame.

— Tricolore, ajouta triomphalement Théodule.

— Ah ! fit Alice un peu calmée.

— Madame, reprit Adèle d'un ton solennel, nous n'oublierons jamais, Théodule et moi, que nous devons notre bonheur à monsieur votre mari. Théodule est peintre, madame, avantageusement connu de tout Belleville. C'est lui qui a fait le Chat botté. Par reconnaissance il voudrait faire le portrait de M. Besnard, en pied, avec sa médaille sur la poitrine. Soyez assez aimable pour le faire consentir.

Alice était flattée. Elle se reprochait en elle-même de ne pas mieux accueillir ses visiteurs, de ne pas les faire entrer, s'asseoir même. Mais, en même temps, elle tremblait que quelque imprudence de Bidault ne trahît sa présence dans le cabinet. Heureusement, Adèle et Théodule, après une nouvelle et chaleureuse expression de leur gratitude, prirent congé, sous prétexte de voir le cortège et d'assister de loin au banquet. Aussitôt la porte refermée sur eux, elle courut ouvrir le cabinet, résolue à donner congé à Fortunio, et ne pensant plus guère à ses poésies, depuis qu'elle se savait l'épouse d'un homme médaillé et ami d'un sous-préfet.

Justement, ce malheureux Bidault étouffait dans le cabinet noir où étaient relégués tous les débarras, le charbon, le pétrole, les brosses à cirage. Pris de

peur en entendant des voix sur le carré, et se mé-
prenant sur le sens des exclamations qui, seules,
pouvaient arriver jusqu'à ses oreilles, machinalement il essuyait avec son mouchoir la sueur d'angoisse qui perlait sur son front, et, par intervalles,
reposait ledit mouchoir sur une boîte de cirage
qu'Alice avait oublié de fermer. Quand il sortit du
cabinet, sa pâleur se dissimulait sous une épaisse
couche de noir. Malgré la gravité de la situation, un
rire irrésistible saisit la jeune femme à cet aspect,
inattendu.

Cette hilarité était la condamnation de Bidault.
Le comprit-il? Ou bien ne se sentait-il pas en sûreté
dans cette chambre où le mari allait peut-être apparaître d'un instant à l'autre? Et pourtant il aurait
bien voulu réserver l'avenir, et il cherchait, dans son
esprit troublé, une formule de sortie propre à ne pas
compromettre ses espérances.

— Alice..... balbutia-t-il.

— Monsieur, interrompit Alice avec la dignité qui
convenait à la femme d'un homme médaillé, il me
semble que rien ne vous autorise à me parler aussi
familièrement.

Le fait est que, dans la scène précédente, elle
n'avait rien dit. Mais elle aurait peut-être dû comprendre que son silence avait été presque aussi com-
promettant qu'un aveu.

— Plus tard, madame, j'espère vous prouver... ou
du moins vous convaincre... Mais vous comprenez
que, dans le cortège, mon absence pourrait être re-

marquée..... et..... et..... à bientôt, madame, à
bientôt !

Et, comme un écho des acclamations de la foule
venait encore de pénétrer jusqu'à eux par la fenêtre
toujours ouverte, Fortunio en déroute, dans la personne de Bidault, saisit le bouton de la porte, et se
mit avec un soupir de soulagement à dégringoler
l'escalier quatre à quatre.

VIII

Au banquet, Paul affamé dévora, à la grande
admiration des Bellevillois qui s'inclinaient volontiers devant toute espèce de supériorité. Sous l'influence de cette copieuse et bien nécessaire ré-
fection, il reprit peu à peu ses forces et sa présence
d'esprit. Pendant un toast très long que le sous-
préfet crut à propos de prononcer au dessert, et qui
ne fut interrompu que par des applaudissements,
seul genre d'interruption qui ne lui fût pas désagréable, il essayait de reconstituer les événements
qui avaient signalé cette importante journée. Malgré
les affirmations du vétérinaire, malgré la conviction
du sous-préfet, malgré même la médaille qui se
balançait à sa boutonnière, il n'était pas encore bien
sûr de s'être jeté bravement à l'eau pour sauver la
vie à Théodule. Mais Théodule lui-même en était
convenu, ou du moins il semblait en avoir un souvenir confus, de sorte qu'il n'y avait à craindre aucun

démenti de sa part. A la troisième coupe de champagne, il en était arrivé à se persuader que c'était vrai tout de même, et se sentait presque prêt à recommencer.

Cependant, et malgré cette excitation momentanée, ce ne fut pas sans quelque appréhension que, après un discours qu'il fut obligé de prononcer et dont l'incohérence fut mise par les assistants au compte d'une émotion bien naturelle, il prit le chemin de son domicile. Mais sa surprise et son contentement ne connurent plus de bornes, quand l'accueil empressé d'Alice lui eut donné à penser que ses épreuves conjugales avaient pris fin. Elle y mêlait même quelque timidité, comme si le sentiment de ses torts passés eût pesé sur sa conscience, ou comme si elle se demandait comment elle parviendrait à se les faire pardonner. Le vrai est que ses yeux, au lieu de chercher à rencontrer ceux de Paul, ne quittaient pas cette glorieuse médaille qui oscillait sur sa poitrine, et que cette vue lui inspirait un peu de cette timidité que bien des femmes aiment à ressentir en présence d'une homme supérieur.

La réconciliation fut complète, et peut-être même Alice reconnut-elle à Paul des qualités qu'elle n'avait jamais soupçonnées. Le banquet, où la chère avait été très convenable et les vins de bonne qualité, était sans doute pour quelque chose dans ce résultat, et démontrait la supériorité d'un régime de choix sur un ordinaire composé seulement d'œufs sur le plat ou en omelette, et d'eau rougie. Depuis ce temps, elle commença à lui rendre justice. Elle corsa, par reconnaissance, son ordinaire où les œufs ne parurent plus que sous forme de hors-d'œuvre, et elle fut la première à lui suggérer l'idée d'acquérir le greffe de la justice de paix.

Bientôt Théodule, exact à tenir son engagement, et trouvant son avantage à garder aux yeux du monde sa position de suicidé par amour, sauvé des flots grâce au dévouement de Paul, lui apporta en grande pompe le portrait qu'il avait promis à son « bienfaiteur ». Alice le contemplait avec fierté pendant que son mari était retenu à l'audience, trouvait frappante la ressemblance, quoiqu'elle fixât plus assidûment ses regards sur la décoration que sur la figure de Paul, et finit même par imaginer, à la suite d'une étude prolongée, le moyen de ne faire apparaître à sa boutonnière que la portion teinte en rouge du ruban tricolore.

Néanmoins, pendant cet examen consciencieux, les traits de la figure ne pouvaient pas complètement lui échapper. Que ce fût une illusion, ou le retour à un sentiment plus juste, elle y découvrait chaque jour une nouvelle expression, tantôt plus fière, tantôt plus tendre, le plus souvent plus noble. Elle s'étonnait, non sans quelque confusion, de l'avoir si longtemps méconnue, et se disait, plongée dans une aimable mélancolie :

— Quand on pense qu'autrefois il m'avait semblé qu'il avait quelque ressemblance avec un bouledogue... C'était un terre-neuve !!

A la vérité, il lui fallut se séparer quelque temps
de la chère image, pour l'envoyer à Paris où Théodule désirait la soumettre au suffrage des jurés de
l'Exposition de peinture ; mais son absence ne fut
pas longue. Elle revint au bout de quelques jours
avec une mention peu flatteuse..... Le tableau avait
été refusé !... Il est juste de dire que les Bellevillois
n'en furent pas surpris outre mesure. Ils n'ignorent
pas que Paris a toujours été un peu jaloux de la
Province.

LES DEUX CLOCHES

Qui n'entend qu'une cloche
N'entend qu'un son.

(SANCHO PANÇA.)

PREMIER CARILLON

*Le vicomte d'Ecorcheville à Monsieur de la Souche
des Charmes.*

19 septembre 1880.

Mon cher garçon, à peine de retour de ta longue
excursion, tu me donnes une preuve de l'intérêt que
tu me portes en me demandant les raisons de la
subite évolution que j'ai accomplie..... ou subie
peut-être, ajoutes-tu avec une sorte de commisération que ton amitié t'inspire. Je commence par te
rassurer, en te disant que mon mariage a été l'acte
volontaire et parfaitement raisonné d'un vieux pé-
cheur résolu, non pas peut-être à entrer, comme
on pourrait le croire, dans la voie du repentir —
j'espère bien ne me repentir jamais du culte que
j'ai voué à la beauté et à l'amour — mais à mettre

désormais dans sa vie un peu plus de calcul et de
pondération que par le passé.

Je te mentirais si je te disais que cette belle résolution m'est venue spontanément. Je n'ai jamais
aimé les jouvencelles; je les trouve un peu trop inex-
périmentées ; une fois sur dix peut-être, on aura la
chance d'en rencontrer une à qui vos leçons profiteront
assez vite pour que vous ayez le plaisir d'en re-
cueillir vous-même le fruit; au contraire, vous ré-
pandez le plus souvent des semences qui seront assez
longtemps à germer pour que l'un de vos successeurs
seul en fasse la moisson. Ce n'est donc point la passion, le désir de faire, comme on dit, une conquête
de plus qui m'a entraîné dans cette aventure ; mais
un sage calcul, suggéré à la vérité par la famille,
puis froidement accepté par moi, non sans plaisir,
mais tout à fait sans enthousiasme.

Tu sais que mon père, le comte d'Ecorcheville,
élevé par les Universitaires d'après 1830, a retenu un
peu des idées et des habitudes soi-disant libérales
de ce temps-là; je puis dire, sans bien entendu
vouloir lui manquer de respect, qu'il en a conservé
une certaine facilité à se lier avec toute sorte de
monde, sans trop s'inquiéter de l'origine des gens.
C'est ainsi que le plus cher de ses amis est un certain Millerault, son ancien camarade de Louis-le-
Grand, très riche à la vérité, mais qui n'est, après
tout, qu'un homme de finance, le plus gros, ou pour
mieux dire le seul banquier de Belleville-sur-Oise.

Tout en fumant le londrès habituel, et faisant

leur partie de billard quotidienne, les deux amis avaient formé le projet d'unir leurs familles. Mille-rault avait une fille unique; mon père voyait, dans une union entre mon frère cadet et elle, le moyen de constituer à Adrien une sitution pécuniaire telle qu'il se prêterait aisément aux subterfuges légaux, grâce auxquels il avait dessein de m'assurer, comme à l'héritier du nom et du titre, la plus grande partie de sa fortune. Tu sais que les bêtes de lois qui nous régissent interdisent à l'aristocratie le droit de con-sacrer sa suprématie nécessaire à l'aide de majorats. Quant à la mésalliance, elle avait moins d'inconvé-nients pour un simple cadet de famille.

Mais la Providence en avait disposé autrement. Mon frère a, au régiment où il faisait son volontariat, attrapé une fièvre thyphoïde qui l'emporta, et il n'avait plus été question d'alliance entre les deux amis. D'autre part, tu sais que la diva des Folies Nouvelles, l'illustre Robinetta, m'a coûté diable-ment cher ces années dernières, grâce à la rivalité du Margrave de Westerhausen, qui avait juré de me l'enlever. Et, entre nous soit dit, sans la toquade réelle que la petite avait pour moi, ce n'est pas avec cinq mille louis par an que je serais parvenu à la fixer.

Entre temps, je venais d'être nommé capitaine, ce qui me forçait à quitter Paris, vu que je passais dans les dragons, et dans une garnison de la frontière de l'Est, ayant le double inconvénient d'être dé-pourvue de toute espèce de distraction, et d'exiger

un service très strict, à la fois ennuyeux et fatigant.
Je ne sais trop à qui je devais cet avancement pa-
naché de disgrâce, peut-être aux intrigues du Margrave qui est très bien aux Affaires étrangères, mais
j'eus la chance de parer le coup, et de me faire dé-
signer pour les chasseurs, grâce aux démarches du
R. P. Olivier. Tu ne sauras jamais tous les services
que ces gens-là peuvent rendre à ceux qui soutiennent la Religion !

Tu comprendras que, allant d'ici à Paris en une
heure de chemin de fer, et pourvu d'un colonel qui
sort de la rue des Postes, il me devenait facile,
moyennant un confortable pied-à-terre rue de la
Ville-l'Evêque, de conserver mes habitudes et les
bonnes grâces de Robinetta. Mais cela ne laissait
pas de me coûter cher, et, pour ne pas fâcher mon
père qui, en vieillissant, devient de plus en plus
impressionnable, je préférai faire quelques dettes,
malgré le taux un peu décourageant de vingt pour
cent que les prêteurs exigeaient. Les choses, je ne
sais comment, s'aggravèrent au point que mon père
en fut informé, probablement par son notaire que
j'avais dû consulter dans une passe assez difficile ;
et ce fut l'occasion d'un sermon paternel, plein
d'affection je dois le dire, mais en même temps
renfermant des considérations assez convaincantes
pour m'avoir contraint à orienter ma vie dans la
voie nouvelle qui t'a si fort étonné.

Le comte d'Ecorcheville a toujours eu la préten-
tion d'administrer sa fortune lui-même. C'est sans

doute un résultat de son caractère soi-disant libéral,
ou tout simplement de la défiance qu'il éprouve
pour tous les hommes d'affaires. Même avec son
ami Millerault, il était resté très fermé sur ce sujet,
et se croyait peut-être aussi capable que lui de distinguer, à la Bourse, les bonnes affaires des mauvaises. Toujours est-il que, pour une fois au moins,
il se trompa sur la solidité d'une certaine Union
générale, et s'engagea fortement à la hausse, à
l'époque du krach. Plus fin, ou mieux renseigné, le
sieur Millerault avait joué à la baisse, et augmentait,
du même coup, un capital déjà considérable. Ajoute
à cela que la fortune des d'Ecorcheville consiste en
terres dont le loyer est fort diminué depuis quelques
années, et que mon hôtel de la rue Saint-Victor est
une propriété de luxe dont l'entretien est très coûteux.

Quand mon père, non sans quelque confusion,
m'eut avoué les embarras que cette situation nouvelle lui causait, les économies auxquelles elle
l'acculait, et l'obligation qu'elle m'imposait de
prendre un parti, ce fut là, je l'avoue, matière à de
graves réflexions. Robinetta devenait de plus en
plus exigeante, soit que son affection pour moi eût
diminué, soit que les offres du Margrave devinssent
de plus en plus généreuses. Mais quand mon père
m'eut fait entrevoir la solution de cette crise dans
la reprise des projets d'union entre les deux familles
d'Ecorcheville et Millerault que la mort d'Adrien
avait interrompus, tu comprendras aisément que

ma première impulsion fut négative. Allier la noblesse avec la finance, il est vrai que cela s'était vu souvent, mais en étions-nous vraiment réduits à cette extrémité?

Poussé à bout par mes hésitations, le comte d'Ecorcheville finit par me représenter la situation pécuniaire de la famille sous son vrai jour, et par me convaincre qu'une mesure de rigueur nous était absolument indispensable. Mais la demoiselle n'avait qu'un million de dot, et il me fut facile de faire voir à mon père que, mes dettes une fois payées, il ne nous resterait pas de quoi conserver le train qui, de part et d'autre, était nécessaire pour maintenir intacte la considération dont jouissait de temps immémorial notre maison. Heureusement Millerault avait autant de hâte de voir sa fille vicomtesse que j'éprouvais moi-même de répugnance à m'affubler d'un beau-père roturier. Mis au pied du mur, il doubla la dot, et le mariage fut résolu.

Il y avait bien d'autres motifs légitimes d'hésitation; mais je conviens que c'était là le principal. Les autres, tu vas voir que je pouvais les négliger, me sentant de force à les surmonter. La petite Millerault n'avait que dix-sept ans, et tu sais que j'en ai trente-cinq. Elle n'était jamais sortie du couvent, et il s'agissait de l'introduire dans un monde pour lequel elle n'avait évidemment pas été élevée; mais cela, j'en faisais mon affaire. Il fallait à la fois lui donner une haute opinion de moi, comme mari, et l'initier aux façons de vivre qui constituent aux yeux de tous la supériorité de l'aristocratie. J'avoue que, si j'ai complètement réussi dans la première partie de cette éducation, je n'ai cependant obtenu qu'un succès relatif dans la seconde.

Autant il est facile à un homme encore jeune, et qui connaît un peu les femmes, d'inspirer à une innocente un sentiment mêlé d'étonnement et d'admiration, susceptible de jeter en elle les bases d'un attachement conjugal nécessaire, autant il est parfois difficile de faire comprendre à la fille d'un bourgeois, entrée par accident dans les rangs de la noblesse, les obligations que cette situation nouvelle lui impose, et les privilèges auxquels elle a droit. Avec mes collègues du régiment, cela alla encore passablement, en ce sens que sa pudeur naturelle lui inspirait une froideur qui pouvait passer pour de la fierté; mais avec les étrangers, les domestiques, les fournisseurs, elle avait conservé, de son état primitif, une sorte de cordialité familière qui cadrait assez mal avec sa fortune et son titre.

Je sais bien que, quoique appartenant toi-même à l'aristocratie, ce n'est pas là ce qui te préoccupe ; tu t'es souvent attiré mes reproches amicaux pour n'être pas toujours à la hauteur des devoirs que la naissance nous a fait contracter envers nous-mêmes. D'autre part, je t'ai toujours connu assez « friand de la lame » ; nous avons guerroyé plus d'une fois ensemble dans les bosquets de Paphos; et tu es bien capable de te demander, avec une certaine inquiétude, comment un vieux routier comme moi,

usé au service d'une impure, sans compter les nom-
breux accidents, a pu se comporter vaillamment
lors de sa première rencontre avec une échappée de
couvent qui, à n'en pas douter, n'avait pas dû manquer, même dans cet établissement austère, d'enseignements furtifs, d'autant plus excitants peut-
être qu'ils émanaient de cerveaux enfiévrés par une
imagination souvent entraînée au delà de la réalité.

Eh bien, mon cher garçon, je m'en suis tiré à
mon honneur ! Il est vrai que mon amour-propre y
était quelque peu intéressé. Puisque je me trouvais
acculé à cette nécessité, je me devais à moi-même
de me montrer à la hauteur des circonstances. Puisque j'allais entrer dans la confrérie des hommes
mariés, il fallait au moins me garantir des dangers
du ridicule. Et puis, enfin, — ma foi ! à toi je peux
bien le dire, — je m'étais peu à peu laissé aller au
piquant de l'aventure, et, après avoir commencé
par vouloir tout simplement faire bonne mine à
mauvais jeu, je finissais par m'imaginer que j'allais
trouver des compensations au sacrifice que l'événement m'imposait.

Car tu penses bien qu'il avait fallu lâcher Robinetta. Il est vrai que cela avait été assez facile, et
que les embarras d'argent, qui avaient motivé l'intervention de mon père et mon propre consentement, rendaient, depuis quelque temps, nos relations plutôt pénibles, et faisaient beau jeu au persévérant Margrave. D'ailleurs cette liaison commençait
à dater de loin ; nous étions déjà un peu fatigués

l'un de l'autre ; en tout cas, Robinetta n'avait plus rien de nouveau pour moi ; et une fillette de dix-sept ans, quand elle est du reste grande, fraîche, et déjà passablement dodue, quand, avec cela, elle sort du couvent, ce qui est une garantie absolue d'innocence, constitue un régal qui n'est pas à dédaigner.

Comme la rupture avec Robinetta remontait à quelques semaines, j'avais eu le temps de me mettre au vert, et j'étais, comme on dit sur le turf, bien « en forme » quand le moment psychologique arriva. Inutile de te dire que nous avons mis de côté tout le cérémonial bourgeois dont, je crois, le beau-père aurait volontiers entouré mon mariage. Le samedi, on avait été, en veston et chapeau mou, à la mairie, où par bonheur officiait un des nôtres, un Porquéricourt qui était maire de Belleville pour l'instant, et qui nous expédia sans cérémonie. Le mardi seulement on se rendit à l'église, en grande pompe ; tout le clergé était là. Monseigneur était venu exprès de Beauvais, et l'orgue était tenu par un professeur du Conservatoire qui avait amené trois des premières élèves de la classe de chant. C'eût été ma foi très convenable, sans les toilettes bourgeoises de la mariée et de son auguste famille. Tous ces gens-là se font habiller à Belleville, et s'imaginent être mis à la dernière mode. La nouvelle vicomtesse surtout, avec son air gauche et sa mine effarée, ressemblait en plein à un petit caniche blanc, et j'avais peur d'avoir ultérieurement bien du mal à faire son éducation. Maintenant je commence à espérer que je réussirai, aidé des conseils de ces dames. Quant à moi, j'avais un uniforme neuf que Watmann m'avait confectionné avec d'autant plus de soin que je venais, sur le premier million de la dot, de lui solder, sans escompte, une note qui datait de plus de cinq ans.

Dans les appartements du rez-de-chaussée de l'hôtel, Potel et Chabot avaient dressé une quinzaine de petites tables pour un lunch. On en a, paraît-il, un peu murmuré en ville, où les commerçants n'aiment guère que l'on s'adresse à Paris ; ce qui pourtant est indispensable quand on veut être bien servi. Mais nous nous moquons bien de cela, grâce à l'influence du clergé, et aux libéralités qui nous assurent, aux élections, la majorité des mendiants et des poivrots. Tu comprends que, avant même la fin du lunch, la fillette et moi nous nous étions échappés, gagnant à toute vitesse la gare, afin de commencer notre voyage de noces.

C'est une bonne coutume. Si bonne, que les bourgeois eux-mêmes commencent à l'adopter. Dans cette lutte qui s'entame, dès la première heure, entre le mari et la femme, et où va se décider l'avenir du ménage, il est évident que la femme a le mauvais rôle, et que toutes les chances sont pour le mari. Mais si on laisse toute la journée la femme en compagnie de ses parents et de ses amis, on lui communique une force dont le mari souffrira peut-être ; il va tout d'abord être embarrassé en présence de tous ces regards curieux, hostiles parfois, qui sont braqués sur lui et qui le rendent gauche et timide dans ses premières attaques, tandis que l'adversaire s'affermit et recouvre un peu du sang-froid qui lui manquait.

Dans le wagon, un coupé que j'avais eu le soin de retenir pour nous seuls, je commençai par prendre un coin, lui laissant contempler le paysage changeant, tandis que je fumais flegmatiquement un excellent londrès dont j'avais fait provision. Un autre aurait fait l'aimable et l'empressé, au risque d'inspirer à la jeune femme une trop haute idée d'elle-même, du violent désir qu'on éprouvait de la posséder, et du haut prix que l'on attachait à son consentement. Moi, je lui faisais comprendre que j'entrais sans conteste dans mes droits, et que ce serait quand je le voudrais bien, et non quand il lui plairait !

Elle était assez mal à l'aise, et, visiblement, se demandait comment cela finirait. Je la voyais alternativement pâlir et rougir ; tout en regardant obstinément par la portière, en dessous elle coulait de temps à autre, de mon côté, des regards inquiets. Et moi, je riais dans mes moustaches, en me disant : « Attends à ce soir, ma petite biche ; tu n'en seras pas fâchée, à ce que je crois ; mais c'est toi qui seras mon obligée, et non pas moi ! » Aussi, quand nous arrivâmes à Maubeuge — c'était par la Belgique que je voulais commencer mon voyage de noces — elle poussa un soupir de soulagement qui me fit bien augurer de ma tactique.

Je la fis souper, et la servis à table avec attention,
mais sans empressement; puis je la conduisis dans
notre chambre, et j'eus la précaution de la laisser
seule, en lui disant que je reviendrais quand elle
serait couchée. Voyons! conviens que j'avais bien
joué mon rôle de mari, et que, après cela, elle devait
comprendre qu'elle avait un maître! Maintenant il
s'agissait de lui faire voir que sa soumission serait
récompensée.

Eh bien, mon cher garçon, je te puis te dire que je
me suis montré à la hauteur de ma tâche. Et même,
tout en m'efforçant toute la journée de garder le
sang-froid qui m'était nécessaire pour l'exécution de
mon plan, j'ai failli, le soir, montrer trop d'empressement. Le fait est que, docile à mes ordres, Blanche était couchée quand, mon cigare fini, je suis
revenu; il y avait, dans cette innocente, pâlie par
l'inquiétude, mais qui me paraissait néanmoins très
convenablement résignée, quelque chose de nouveau
qui ne ressemblait guère aux appels très conscients
d'une Robinetta, et qui, au moins par contraste, et
peut-être aussi par l'attrait de l'inconnu, a failli
compromettre mon attitude correcte. Cela s'est
borné à la suppression à peu près absolue des préli-
minaires inutiles.

Au demeurant, si la petite femme n'est pas contente, il faut avouer qu'elle serait difficile! Quant
aux suites, elles ont été ce que j'en attendais; complètement subjuguée, elle est entrée sans hésitation
dans son rôle de bonne ménagère; elle tient avec

soin, presque avec trop de parcimonie, ma maison qui, sans vanité, peut rivaliser même avec celle du colonel; les petits sous-lieutenants fraîchement sortis de Saint-Cyr sont accueillis par elle avec une dignité risible, vu que, comme les trop jeunes femmes, elle exagère, en essayant de prendre des airs de matrone; elle a seulement avec les femmes de mes collègues une attitude d'écolière qu'elle perdra bientôt, au fur et à mesure de son initiation aux façons du monde. Je suis, comme tu le vois, parfaitement content; et, sauf un confus regret des origines roturières de ma femme, j'ai pu restaurer la fortune de ma maison, sans compromettre, comme tant d'autres, mon caractère de mari et de chef de famille.

*
* *

La Vicomtesse d'Ecorcheville à Mademoiselle
Claire Bernier.

4 octobre 1880.

Ma chère Claire,

Tu t'étonnes sans doute de mon silence. Voilà six mois déjà que je suis devenue madame la vicomtesse d'Ecorcheville, et je n'ai pas encore trouvé le temps de t'écrire. Tu me le reproches avec raison, quoique tu te trompes sur le motif qui me fait agir; ce n'est pas le temps qui m'a manqué, c'est plutôt le courage. Plus les jours se passent, me confirmant de plus en plus dans l'opinion que je me suis faite tout

14.

d'abord de ma nouvelle existence, et plus j'éprouve de difficulté à remplir les engagements que nous avons, jeunes filles étourdies, pris autrefois entre nous.

C'est que c'est beaucoup plus difficile que je ne le croyais alors. C'est que je ne vois pas bien clair moi-même dans mon propre cœur. C'est que tout ce qui m'est arrivé m'a tellement étourdie, que je ne sais vraiment pas si j'y suis bien habituée. C'est que je ne suis pas encore bien fixée, que je me dis, pour m'encourager, que les commencements en tout sont difficiles, et que l'avenir peut-être me réserve des compensations. Mais, en attendant, je ne puis m'empêcher de craindre que mon bon père, en s'imaginant me préparer un sort enviable, ne m'ait en réalité condamnée à subir, jusqu'à ma mort, le regret de la vie modeste et heureuse pour laquelle il me semble que j'étais née.

Oh ! Claire, quoique plus âgée que moi, tu es encore maîtresse de ta destinée; tu m'as dit que ton tuteur t'avait pu sauver, du désastre où ont sombré ta fortune et ta famille, une petite somme dont le revenu te mettra, bien juste, à l'abri de l'indigence; les bonnes sœurs de Belleville ont cultivé en toi un talent naissant qui va te permettre de gagner honorablement ta vie, en restant parmi elles en qualité de maîtresse de piano ; au couvent, souviens-toi, tu étais ma « petite mère », et je dois à ton affection d'user d'une franchise que le respect humain m'empêcherait de déployer avec toute autre... Claire ! crois-moi, renonce aux beaux rêves que font les

jeunes filles au seuil de la vie ; aie le courage de
marcher, seule et fière, à travers ce monde qui dé-
daigne la vieille fille et qui a l'air de la considérer
comme un membre inutile de la Société... Claire !
ne te marie pas!

Je m'arrête. Car je te vois, d'ici, avec ton sourire
malin, te disant : « Elle est tournée au tragique,
aujourd'hui, la petite Blanche ! Sur quelle herbe a-t-
elle donc marché ? » Et tu as à moitié raison, parce
que je suis peut-être bien ridicule de prendre aussi
à cœur une déception que toutes les jeunes filles ont
probablement éprouvée, mais que, femmes, elles
n'avouent pas, par amour-propre. Avec toi, j'aurai
plus de franchise ; néanmoins, il y a dans une pareille aventure des choses si répugnantes, que je
me contenterai de te raconter sommairement l'histoire de mon mariage, et sans entrer dans le détail.

Il paraît que mon père et le comte d'Ecorcheville
avaient formé le projet d'unir leurs deux familles,
dans ma personne et dans celle de ce pauvre Adrien,
qui, tu te le rappelles, est mort il y a trois ou quatre
ans, d'une maladie gagnée au régiment. Je n'en
savais rien, mais je crois que j'aurais aussi bien con-
senti à cette union qu'à celle que j'ai contractée ; la
vérité est que je n'ai été consultée que pour la
forme, et que les deux... complices auraient été bien
surpris si j'avais fait quelque objection. Mon père
surtout, car il m'a paru on ne peut plus satisfait de
voir sa fille vicomtesse. Moi non. Et tu vas savoir
pourquoi.

Tu n'as bien sûr pas oublié nos entretiens du couvent. Tu sais quelle préoccupation nous hante l'esprit à toutes, inquiètes que nous sommes de savoir quel est cet acte magique qui va nous transformer en femmes. Si peu instruites que nous soyons, il ne nous échappe pas que l'obéissance au mari n'est pas une vaine formule, et que, à bien peu d'exceptions près, le monde n'a que sourires dédaigneux et parfois méprisants pour celle qui se soustrait à ce devoir. Une fois mariées, il paraît que nous devenons sujettes à avoir des enfants, peu ou beaucoup ; mais on s'y attache, et leur santé, leur éducation, leur avenir sont des causes de préoccupations, de soucis, de calculs qui assombrissent l'existence. Après le plaisir, bientôt usé, de s'entendre appeler madame et de porter des diamants, quelles sont donc les compensations qui rendent le mariage si désirable, et qui mettent des sourires pleins de joyeuse fierté sur les lèvres des jeunes mariées ?

Eh bien, ma chère, ces compensations, je les attends encore ! Je n'ai trouvé, à leur place, que des obligations ennuyeuses, quelquefois même dégoûtantes ; et j'aurais eu souvent envie de pleurer, n'eût été la figure comique de mon mari qui paraissait éprouver tant de plaisir à ce qui m'en causait si peu. Enfin ! il faut croire que j'ai tort de me plaindre, car maman m'avait dit, avec un grand sérieux, le jour du... sacrifice, que « je n'en serais pas fâchée. »

La seule chose qui me console un peu, c'est que

mes toilettes m'allaient divinement. Pour une couturière de province, Mlle Crozier travaille vraiment
bien ; à moins que, comme elle me le disait elle-
même, je sois une de ces personnes qui sont très
faciles à habiller. Au contraire, du côté de mon
mari, presque toutes les dames avaient des toilettes évaporées qui me semblaient de mauvais goût.
Mais, il paraît que c'est la mode, et que ce sont
celles que ces messieurs appellent des « cocottes ».
qui donnent le ton. J'avais une simple robe de mous-
seline ; ces dames et maman avaient formellement
condamné le satin, en disant que cela jurerait avec
le voile ; tu comprends qu'il m'était bien égal de
leur obéir une dernière fois, à la veille du jour où
j'allais entrer en pleine possession de ma liberté.

La noce s'est faite sans trop de cérémonie, sauf
à l'église, où l'abbé de Gratepanse, qui était venu
de Beauvais exprès avec monseigneur, s'est distingué
par son éloquence. Au dire de tout le monde, son
discours aux mariés a été admirable. Quant à moi,
je n'ai pas pu m'empêcher de le trouver un peu
long. Il est vrai que j'étais à jeun depuis la veille,
parce que j'avais dû communier le matin, suivant
les conseils de la révérende mère du Saint-Rosaire,
et que, du reste, je ne mangeais presque pas depuis
trois ou quatre jours, tant l'avenir m'inquiétait. Et
je puis dire aujourd'hui que j'avais joliment raison.

Après la messe, mais seulement sur les deux
heures, on a lunché. C'est le genre d'à présent ; on
fait semblant de manger quelque chose, debout

autour d'un buffet, ou assis par groupes à de petites
tables ; et sur les cinq heures on tire chacun de
son côté. Plus de dîner, plus de bal, plus de fêtes ;
il paraît que ça ne se fait que dans le petit monde.
Cela avait pourtant du bon, au moins pour la
mariée ; elle était fêtée, adulée, recherchée par
tous les danseurs, en somme étourdie pendant
toute la journée, assez pour ne pas trop penser au
lendemain.

Au lieu de cela, dès quatre heures, lestée d'une
tasse de bouillon froid, seule nourriture que mon
estomac serré pût supporter, habillée à la hâte d'un
costume de voyage vert-bronze qui me rendait presque honteuse, parce qu'il me... moulait trop bien,
dûment chapitrée par ma mère qui s'embrouillait
dans des recommandations dont je ne comprenais
guère que la moitié, je fus transportée en coupé
jusqu'à la gare, et m'assis en compagnie de mon
mari dans un wagon dont les fenêtres s'ouvraient
en avant, ce qui me forçait à regarder constamment
par la portière, tournant le dos au vicomte, lequel
avec un parfait sang-froid fumait comme un suisse,
sans seulement m'en avoir demandé l'autorisation.

Tu me vois d'ici, ma pauvre Claire, ne sachant
quelle contenance tenir, me demandant avec
angoisse sur quel ton je répondrais à mon compagnon de voyage, si toutefois il se décidait à me
parler, inquiète à la fois et contente de son silence,
mais de plus en plus décontenancée et surprise ;
car, au fond, tout en ayant peur, je m'attendais à

je ne sais quoi qui m'aurait au moins fixée sur nos
relations futures. Mais j'avais beau couler de temps
à autre sur ma droite un regard sournois, je n'aper-
cevais jamais que le profil de Georges — tu sais
qu'il s'appelle Georges, comme le vieux portier du
couvent — et la fumée de son cigare qui s'envolait
en volutes grises, répandant dans tout le compar-
timent un parfum qui paraissait le charmer, et que,
probablement par dépit, je trouvais parfaitement
désagréable.

Mais enfin, c'était au moins un répit. Ce voyage ne
pouvait pas être éternel, et comment finirait-il ? Je
savais que nous devions aller jusqu'en Belgique,
aux eaux peut-être, ou même à Ostende, d'où probablement nous ferions quelque excursion en
Angleterre. Nous étions au printemps, et c'était
naturellement l'époque où un voyage dans le Nord
devait être plus agréable que dans le Midi. Mais
enfin nous arriverions toujours bien quelque part ;
nous ne pouvions pas dîner et passer la nuit en
wagon ; la nuit... cela seul amenait de sombres
réflexions, car, d'après les explications très som-
maires de maman, c'était surtout la nuit qui me
faisait le plus peur. Enfin, à Maubeuge, le train
s'était arrêté; et mon mari m'invita poliment à descendre. Le moment fatal était-il arrivé ? Je ne pus
retenir un gros soupir d'angoisse.

A l'hôtel, nous nous assîmes devant une table
assez bien servie. J'avoue que j'avais besoin de
prendre quelque chose, tant il y avait longtemps

que je n'avais sérieusement mangé ; et tu sais que,
d'ordinaire, je suis pourvue d'un assez bon appétit.
Mais, ce jour-là, c'était fini ; les morceaux me
restaient en travers de la gorge, et je ne pouvais
presque rien avaler. Cependant mon mari s'en ac-
quittait mieux que moi ; il avait même une manière de manger et boire... je suis probablement
injuste, et je vois tout en mal ; et pourtant ses
manières envers moi étaient très prévenantes et
très polies. Toujours avec le même bon ton aristocratique, le dîner terminé, il me conduisit dans la
chambre qui nous était destinée...

Evidemment, c'était le moment fatal. A la peur,
bien naturelle, tu dois comprendre cela, je dois
dire que se mêlait une certaine curiosité. Cette
transformation d'une jeune fille en femme comportait, à ce qu'il me semblait, une perspective
ambiguë qui devait contenir au moins quelques
détails agréables. La loi, je m'en souvenais bien,
m'imposait l'obéissance ; mais, tout innocente et
pure que je fusse sortie du couvent, j'avais pu,
dans les rares occasions où je m'étais déjà trouvée
en contact avec le monde, intercepter des regards
de jeunes gens, plutôt doux et suppliants, qui me
donnaient à penser que la force n'était pas uniquement appelée à régir les relations entre époux, et
que mon obéissance devait être volontaire, et par
conséquent plutôt obtenue qu'imposée.

Je fus amèrement détrompée par les faits. Mon
mari, avec une politesse agaçante, me dit que, par

égard pour moi, il allait me laisser me mettre au lit
seule, et qu'il ne reviendrait que dans quelque
temps. Puisqu'il devait revenir, ma foi! j'avais
envie de ne pas me déshabiller ; mais le souvenir
de mes promesses (tacites) à la mairie, et des exhor-
tations de ma mère, me fit bientôt comprendre
qu'il fallait me soumettre. Par exemple, une fois
couchée, je me demandais s'il ne serait pas prudent
de faire semblant de dormir. Mais vrai ! il n'y avait
pas moyen ! j'étais trop bien éveillée ; moitié par
une appréhension bien naturelle, en présence d'un
dénouement inconnu, moitié — faut-il le dire ? —
par un sentiment de curiosité que je ne pouvais pas
étouffer. Il me revenait toutes sortes de confidences
de « grandes » qui vantaient le charme des com-
pliments, des flatteries, voire même des caresses
timides dont étaient prodigues, paraît-il, les « amoureux », et quelque chose, en dedans, me disait que
je m'alarmais sans doute à tort.

Au bout d'une demi-heure, monsieur le vicomte
arriva. Il sentait le tabac plus que jamais. Il avait
sans doute fumé son éternel cigare en attendant que
je fusse couchée. Le moment était-il venu des
amabilités soupçonnées? Je ne sais, mais il était
très rouge, les yeux lui sortaient de la tête, et il ne
disait mot. Instinctivement, je cessai de le regarder,
en me disant qu'il aurait dû au moins éteindre la
lumière. Ce fut ainsi, brusquement, que, sans
même une parole échangée, et à la clarté d'une
lampe qui éclairait une figure vraiment peu ras-

surante, que... Claire, je t'assure que les paroles
me manquent... tout ce que je puis te dire, c'est
que, non sans douleur, et surtout non sans regrets,
j'étais... j'étais... j'étais vicomtesse !

Le tableau n'est pas engageant, j'en conviens !
mais je te jure que je te dis la vérité. Ce n'est peut-
être pas conforme à l'idée que les jeunes pension-
naires se font de l'amour. Mon Dieu ! nous nous
en faisions peut-être précisément cette idée, parce
que ce sujet d'entretien était formellement interdit
par les bonnes sœurs. Car, à bien y réfléchir, tout
n'est pas agréable et poétique dans la vie ; la Providence en a ainsi décidé ; nous sommes probablement condamnées à ces inconvénients, par la même
raison que personne ne peut éviter les maux de
dents et les rhumes de cerveau.

Ce qu'il y a de pire, c'est que cette cérémonie se
renouvelle périodiquement tous les soirs. On a beau
changer de pays, d'hôtel, de chambre, voire de cuisine (mais, tu sais, il n'y a de vrai que la cuisine
française), le programme est invariablement le même.
Je reste seule, ou avec une fille d'auberge, pour me
coucher ; pendant ce temps, monsieur le vicomte va
fumer un cigare dehors ; il revient au bout d'une
demi-heure, tout souriant — comme s'il y avait de
quoi rire ! — et il abuse de ses droits. Aujourd'hui
même, après six mois écoulés, et quoique j'aie
appris à espacer un peu ses... effusions, je crois y
être encore, et je cherche toujours la solution de ce
problème, toute prête, si j'osais, à reprocher à

maman de m'avoir caché la vérité. Et pourtant, elle avait peut-être raison, car si j'avais su ce qu'il en était...

Enfin! puisqu'il fallait en passer par là! Puisque toutes les autres en ont éprouvé autant... du moins je le pense, et la façon assez cavalière dont les dames de ma société traitent en général leur mari me le fait supposer, tu vas me dire que je suis vicomtesse, et que je jouis d'une belle fortune, que je me trouve lancée dans un monde d'élite, en un mot que j'ai l'existence la plus heureuse, la plus facile et la plus amusante qui soit au monde, et que tout cela doit me faire passer sur un petit inconvénient, qui, du reste, devient de plus en plus rare tous les jours.

Eh bien! je vais encore te paraître bien difficile à contenter; mais, sur ces articles-là, il y a bien à dire. D'abord, le vicomte admininistre lui-même notre fortune; il m'a déclaré dès l'abord, et comme si la chose avait été convenue entre nous, qu'il mettrait à ma disposition tous les mois une somme fixe pour tenir la maison, et, de peur d'aller trop vite, je me suis, il paraît, montrée trop économe, car j'ai déjà recueilli quelques reproches voilés à ce sujet. Cela m'impose, de plus, la nécessité de bien veiller au service intérieur, et je passe, j'ai cru m'en apercevoir, dans l'esprit de mon mari, pour une petite bourgeoise qui se familiarise trop avec les domestiques. Au fond, Claire, il y a du vrai. Les grandes dames m'intimident un peu, et je me soulage en causant avec la petite Zoé, ma sœur de lait, que j'ai prise comme femme de chambre.

Les grandes dames! L'épithète n'est pas hasardée. Ici, ma chère, toutes les femmes d'officier appartiennent à la plus haute aristocratie. Il suffit de fermer les yeux pour se croire en plein moyen âge. Des familles qu'on croyait éteintes depuis deux cents ans, des titres, des blasons, et, il faut le croire, des fortunes à l'avenant; car tu n'as pas idée du luxe de leurs fêtes, des amusements, des toilettes; notamment, comme nous appartenons à la cavalerie, les femmes doivent monter à cheval et conduire elles-mêmes leur voiture; moi aussi; j'ai un « cob » brun (c'est un cheval, tu sais) qui est très doux, avec lequel je n'accroche presque jamais, et que je fais atteler à un panier, dans lequel il faut que je conduise mon mari à la caserne, quand il est de service. C'est drôle; à sa place, moi, j'aurais peur d'avoir l'air d'un imbécile, ou d'un infirme, à me faire ainsi conduire par une femme. Lui, non. Il paraît content, et même il voudrait me voir monter à cheval.

Il n'y a pas jusqu'aux petits sous-lieutenants sortant de Saint-Cyr qui ne soient une gêne pour moi, dans ce milieu nouveau où mon mariage m'a jetée. Plus rapprochés de moi par l'âge, naïvement contents de porter un brillant uniforme, auquel ils ne sont pas encore habitués, comme les vieux officiers, plus galants et plus aimables que leurs aînés que la constante préoccupation de l'avancement rend

grognons, j'avoue que je me sentirais assez disposée à rire et à plaisanter avec eux. Mais le vicomte
me paraît si vieux à côté d'eux, que je ne puis
m'empêcher de me demander s'il n'interpréterait
pas mal cette familiarité ; et je me montre d'autant
plus raide et réservée, que je me sens plus disposée
à bien les accueillir.

Voilà, ma chère amie, ma confession, sinon tout
entière, au moins très franche dans ce que j'ose te
dire. Heureusement je n'étais pas habituée à une
vie très dissipée, n'ayant que bien rarement, et jamais plus que pour quelques jours, quitté le couvent où nous avons été élevées. Je me ferai sans
doute à ma nouvelle existence ; il le faudra bien du
reste, car je n'ai pas envie de me cloîtrer éternelle-
ment. Au surplus, la religion, qui pourrait m'être
une distraction, et peut-être une consolation, me
semble singulièrement comprise dans le monde qui
m'entoure ; on en parle, il me semble, beaucoup
plus qu'on ne l'observe ; on ne pratique même
qu'en dehors, c'est-à-dire qu'on en suit les préceptes extérieurs, tout en négligeant les pratiques
auxquelles les bonnes sœurs attachaient tant d'importance. On ne manquerait jamais à la grand'-
messe, ni à vêpres ; mais on ne s'approche pas
souvent de la Sainte-Table. De même, on n'achète-
rait pas sa viande autre part que chez un boucher
bien pensant ; mais il paraît qu'on ne se gêne pas
pour en manger le vendredi, quand on est entre soi.
Enfin — mais cela se faisait même au couvent — on

assiste des ivrognes qui vont à la messe; mais on ne donnerait pas un morceau de pain à un libre penseur qui mourrait de faim.

Ah! ma chère, il paraît que nombre de nos anciennes compagnes envient mon sort. Après ce que je viens de t'en dire, j'espère bien que tu ne seras pas du nombre. En tout cas, s'il est, comme on le croit, agréable d'être femme, d'être riche, d'être vicomtesse, jusqu'à présent je trouve que tout cela coûte joliment cher!

DEUXIÈME CARILLON

Le comte d'Ecorcheville à Monsieur de la Souche des Charmes.

27 mars 1890.

Ainsi, te voilà maintenant en Chine! Sans reproche, on ne t'a pas vu en France depuis deux ans. Quelle drôle de collection tu auras dû faire, dans cette existence décousue, de femmes de toutes les races et de toutes les couleurs! Je t'envie quelquefois, parce que la variété a bien son charme; mais, au fond, je crois qu'aucune femme ne vaut la Française; il me semble qu'il n'y a encore qu'elle pour comprendre l'amour d'une certaine façon qui doit être la bonne. Il est vrai que je suis peut-être un peu artiste sur ce chapitre, et que je ne saurais me contenter des satisfactions matérielles. Celles-là, on les trouve avec toutes les femmes, même avec une bonne bourgeoise; mais il n'y a qu'une Robinetta, ou ses pareilles, pour vous donner, en plus, les jouissances de la passion, les surprises du caprice, et les joies intellectuelles de la drôlerie.

La grande difficulté, c'est de les fixer. Ces drôlesses-là n'obéissent généralement qu'à leurs fantaisies, et il faut avouer que l'homme qui est, de leur part, l'objet d'un attachement persévérant ne doit pas être sans mérite. Ceci dit sans vanité, car on doit ces qualités précieuses à la nature plutôt qu'à l'art et à l'étude. On peut pourtant ressentir, je ne dirai pas de l'orgueil, mais de la satisfaction à se voir encore, à quarante-cinq ans, capable d'inspirer un sentiment vrai et durable à une femme que tous les jeunes gens courtisent, et que les plus riches essayent vainement d'enlever à son heureux possesseur.

Si tu étais auprès de moi, tu me ferais encore de la morale. Tu me reprocherais de négliger ma femme, de lui faire des infidélités, de manquer à la foi conjugale, enfin toutes les rengaines dont les célibataires sont prodigues envers les hommes mariés. Je voudrais bien t'y voir, mon cher garçon! Il est, parbleu! facile de prêcher la vertu aux autres quand on n'y est pas astreint soi-même. Du caractère que je te connais, tu en aurais bientôt eu assez d'une petite échappée de couvent à qui les bonnes sœurs ont bien donné les idées les plus fausses! Croirais-tu que ma femme prétend très sérieusement que les commandements de l'Eglise s'appliquent à la vie conjugale ? Dans les commencements, j'ai trouvé cette idée absurde ; mais peu à peu j'en suis arrivé même à regretter qu'elle ne fût pas encore plus formaliste.

Figure-toi que j'avais remarqué, sur notre scène de petite ville, où les comédiens très ordinaires de l'endroit nous donnent, une douzaine de fois par hiver, la parodie involontaire des pièces en vogue à Paris, le plus délicieux petit minois de fausse ingénue qu'on puisse imaginer. Pas encore vingt ans, avec la mine déjà futée d'une vieille rouleuse et la fraîcheur d'une innocente ; avec cela déjà grasse et forte, suffisamment pour montrer dans tout leur développement des formes admirables. Si le fond répondait à l'extérieur, il y avait là l'étoffe d'une seconde Robinetta, avec quinze ans de moins et des goûts probablement plus faciles à contenter.

Je ne m'étais pas trompé. En fait de femmes, tu sais, je ne me trompe guère. Flora est à la fois naïve et rouée, amoureuse et fidèle, avide et peu dépensière. Une perle ! Elle aime mieux être la première en province, que la deuxième à Paris, et cela me va parfaitement, car je n'ai pas besoin de permission pour l'aller voir, et il m'est aisé de concilier les exigences de mon service avec l'assiduité que l'amour et la prudence m'imposent. Grâce à la modération naturelle de ses goûts, et à sa résidence habituelle dans un trou où le luxe est relativement à bon marché, elle ne me coûte pas plus, bon an mal an, de

quarante mille francs. Enfin, pour achever son portrait, son éducation amoureuse s'est faite avec une
rapidité qui prouve qu'elle était née avec les plus
heureuses dispositions.

Et ta femme ? diras-tu. A peu près à la même
époque, ma femme tournait à la plus extrême dévotion. Le couvent l'y avait, il est vrai, déjà bien préparée ; mais cela n'a fait que croître et embellir.
J'avais eu soin de mettre une certaine réserve dans
ma conduite envers elle, accentuant lentement un
refroidissement conjugal, qui du reste n'est pas encore absolu. C'est un sacrifice qu'il faut savoir
faire ; après tout, même les innocentes et les dé-
votes sont femmes, jusqu'à un certain point ; et il
est prudent de leur éviter des tentations dangereuses ;
du reste, il faut si peu de chose pour les satisfaire !

Sa vie est réglée admirablement. Elle va à la messe
tous les matins ; à confesse... au fait, je ne sais pas
combien de fois par an, car elle a son directeur de
conscience attitré qui vient la voir à peu près tous
les jours ; un jeune prêtre d'une austérité célèbre,
et qui, dit-on, a été éloigné du couvent des Carmélites parce qu'il était trop sévère. Après un déjeuner
auquel j'ai invité l'abbé de Gratepanse une fois
pour toutes, ce qui me permet de m'absenter plus
souvent, je les laisse étudier les détours de la « voie
du salut » et je puis aller m'occuper du mien auprès de Flora. Quand on ne prendrait sa femme au
couvent que pour en venir là, avoue que ce ne serait
pas déjà si maladroit.

15

Quant à la fortune, elle est suffisante ; mais rien de plus. Je ne sais quel diable de trafic le beau-père faisait sur ses vieux jours, ou bien si c'est qu'on s'était fait des illusions sur sa richesse, mais en réalité il ne nous a laissé, à sa mort, que douze à quinze cent mille francs. Mon père en a pris du chagrin ; c'était bien la peine de se mésallier pour si peu ! Je ne serais même pas surpris que cette déception ait hâté sa fin ; car lui aussi vient de payer sa dette, me laissant, outre son titre de comte dont plus d'un, au régiment, va être jaloux, deux ou trois petites fermes aux environs de Belleville, du revenu desquelles il vivotait dans son grand hôtel, et qui me serviront avantageusement de gage, si je me vois obligé d'emprunter.

Car ne te fais pas d'illusion. Je n'ai plus guère que cinquante à soixante mille livres de rente. Des deux millions et demi du père Millerault, le premier avait été mangé par Robinetta, et Flora m'aidait à écorner le reste, quelque modération qu'elle y mît. Mais tu comprends que, quand on est d'un certain monde, on ne peut vraiment pas vivre comme un bourgeois ; et la vie est tous les jours de plus en plus chère. Heureusement la dévotion s'accompagne assez généralement d'esprit d'ordre et d'économie, et c'est là un des mérites de Mlle Millerault qui tient ma maison sur un pied très convenable, avec la moitié de ce que Flora me coûte.

Tu vois, mon cher garçon, que le Ciel est juste et récompense les gens d'esprit ; ou, pour parler avec

toute franchise, que chacun récolte ce qu'il a semé.
Si je n'avais pas intelligemment calculé tous mes
actes, je pourrais bien être aujourd'hui comme certains de nos camarades, alliés à la vérité aux plus
nobles familles, mais obligés de manger des pommes
de terre et de boire de l'eau claire, quand ils sont
entre soi, pour parvenir à tenir convenablement
leur rang.

Le seul vilain côté de ma position, c'est le côté
professionnel. Après le marquis de Valprofond, on
nous a donné comme colonel un parvenu, le nommé
Godard, qui est d'une sévérité diabolique. Je crois
bien qu'il enrage d'être né dans la roture, à voir la
façon dont il nous traite, nous autres nobles. Quant
à moi, il me fait diablement tirer la langue et sou-
pirer après mon quatrième galon. Par bonheur les
Révérends Pères ont bien voulu s'en mêler, et je
viens justement d'apprendre que je serai sûrement
nommé à la prochaine promotion. Il est probable
que, du même coup, le jeune d'Aurillac passera capitaine. C'est Flora qui sera contente! C'est incroyable
comme cette petite s'intéresse à tout ce qui me
touche.

On dit qu'un bonheur n'arrive jamais seul; j'en
fais en ce moment l'expérience démonstrative. Il y
avait un nuage dans mon ciel bleu, un accroc dans
cette existence que j'avais si intelligemment arran-
gée. Devenu comte, presque riche, heureux en ménage (en double ménage, pourrait-on dire), sur le
point de porter l'épaulette à graine d'épinards,

j'avais eu la mauvaise chance de tomber sur une
femme stérile, et d'avoir fort à craindre qu'un héritier ne vînt pas, après moi, continuer la lignée des
d'Ecorcheville. Cela avait même l'inconvénient de
m'obliger à conserver, au-delà du temps raisonnable,
des rapports réguliers avec la comtesse. Il est sûr
qu'elle n'en était pas fâchée; mais c'était autant de
pris sur ce qui était dû à Flora.

Eh bien! j'ai au moins la satisfaction de voir que
ma persévérance (on peut bien dire mon sacrifice) a
été récompensée. Il y a trois mois, Blanche m'a
donné un fils, un petit vicomte bien vivant, qu'elle
nourrit elle-même bien entendu, en vraie bourgeoise
qu'elle restera toujours; mais ce m'est une raison
de plus d'interrompre, définitivement, je l'espère,
une intimité qui a cessé d'être nécessaire. C'est très
ennuyeux, un marmot qui braille à tout propos ; et
celui-là, je t'assure, a une voix qui fait honneur à sa
constitution; mais aussi c'est diablement agréable
de pouvoir se dire qu'on n'aura pas travaillé que
pour soi. Si je suis parvenu à maintenir le lustre, et
j'oserai dire la renommée, d'une maison qui n'est
pas des moindres, j'aurai la satisfaction de la voir se
continuer après moi. Cela m'aide à passer les quelques moments ennuyeux que les convenances m'o-
bligent à consacrer à la famille.

D'ailleurs, tu sais que je ne suis pas méchant. Me
sacrifier à une petite bigote, franchement ce serait
excessif; mais lui faire volontairement de la peine,
j'en suis incapable; et je me condamne spontané-

ment aux sacrifices nécessaires pour assurer sa tranquillité. Elle ne se doute de rien, et passe sa vie dans les occupations ménagères qui lui conviennent. On en aurait au besoin la preuve dans son état florissant de santé; malgré les fatigues que comporte son métier de nourrice, elle est devenue une bonne grosse commère, plus apte à figurer dans le comptoir d'un boucher que sur les divans d'un salon aristocratique. Tant il est vrai que la race se décèle toujours dans l'extérieur des individus! Elle a beau être devenue comtesse par la grâce des écus paternels, la Millerault se retrouve toujours sous le satin, les dentelles, et même sous la couronne cerclée de perles.

Tranquillise-toi donc sur le sort de ton ami. Il a tiré le meilleur parti possible des événements et des hommes! Tu vois comme il est facile, avec quelque esprit, de se comporter même dans les situations les plus épineuses, et combien tu as eu tort de chercher dans un triste célibat la satisfaction de ton égoïsme.

*
* *

Madame la comtesse d'Ecorcheville
à Mademoiselle Claire Bernier.

18 mai 1890.

Ma chère Claire,

Enfin, je te retrouve! Après plusieurs années de silence absolu, tu m'écris de Russie, où les hasards de l'existence t'ont fixée dans un château perdu, en qualité d'institutrice. Tu as quitté le couvent; tu as abordé la vie du siècle, comme disaient les bonnes sœurs; tu as sans doute subi la même transformation que moi, et tu ne seras pas surprise de me connaître telle que je suis aujourd'hui devenue, c'est-à-dire affranchie de toutes les idées étroites que notre éducation nous avait imposées. Que nos maîtresses les aient eues, je le comprends; dans le milieu où elles vivaient, elles ne pouvaient guère en avoir d'autres; mais, ce que je ne m'explique pas, c'est que les parents confient à des religieuses l'éducation de filles qu'ils destinent à vivre dans le monde.

Il est bien probable que tu en es arrivée au même point que moi; mais comment cette évolution s'est-elle faite? Quant à moi, cela s'est fait tout naturellement. Quand j'ai eu vécu seulement un ou deux ans dans le monde, il m'a été facile de voir que tous ces gens-là seraient inévitablement damnés, après leur mort, selon les préceptes qui nous avaient été enseignés. Entre nous, que mon mari fût destiné à cette fin douloureuse, tu comprendras, par les explications que je vais te donner, que cela ne m'étonnait ni peut-être ne me chagrinait pas beaucoup. Mais, que la masse de nos contemporains, composée de personnes qui ne sont pas foncièrement mauvaises ni vicieuses, qui n'auront fait ni bien ni mal à autrui, qui ont toujours cherché leur bonheur individuel, sans empêcher celui de leurs semblables, soit irrémédiablement condamnée à des supplices éternels pour n'avoir pas obéi aux prescriptions de l'Eglise, cela me parut, à la réflexion, incompatible avec l'idée d'un Dieu paternellement bon, comme on nous le représentait, et comme il me semble bien que le Créateur doit être.

Une fois qu'on a commencé à douter, c'est fini! Le mal s'étend de proche en proche, et tout naturellement je crois bien qu'on s'habitue à douter, au moins de tout ce qui vous gêne. Par exemple, on continue à pratiquer sa religion quand même. Pourquoi? diras-tu. Est-ce par hypocrisie, ou par calcul? Non, c'est plutôt par habitude invétérée; et puis, il paraît que c'est bon genre. Toutes les personnes d'un certain monde pratiquent, et donnent l'exemple; c'est recommandé. Ensuite, ce n'est pas précisément ennuyeux; on rencontre dans ces cérémonies une bonne société, aux façons distinguées; les prêtres sont plus que polis, plutôt obséquieux avec les gens titrés. Enfin, faut-il l'avouer? cette conduite a fini par me servir beaucoup, comme je te le dirai tout à l'heure, dans mes relations avec mon mari; et dame... là... je ne dis pas que je n'y aurai pas mis un peu de... diplomatie.

Ah! Claire, comme une jeune fille de dix-sept ans ne sait guère encore ce que c'est qu'une femme! Et qu'on a bien tort de nous marier si jeunes que cela! Je me surprends aujourd'hui à traiter légèrement des sujets qui me semblaient de la plus haute gravité autrefois; je me suis découvert des idées, des aspirations, des besoins, dont j'étais bien loin de me

douter il y a dix ans ; je vais jusqu'à faire des raison-
nements qui, jadis, ne m'auraient paru rien moins
que des sacrilèges. Je te parlais tout à l'heure des
prêtres, et de leur attitude vis-à-vis de leurs péni-
tents de marque ; ils ont, avec nous, des indul-
gences dont nous commençons par profiter, mais
qui finissent par nous étonner, et surtout par confirmer nos doutes. Tiens! c'est peut-être bien hardi,
ce que je vais te dire ; mais je me suis parfois demandé si les nobles et les riches ne sont pas des
instruments entre leurs mains.

Mais laissons ces graves questions, qui au surplus
ne nous intéressent pas, nous autres femmes ; nous
vivons beaucoup plus par le cœur que par la politique ; ou, pour mieux dire, nous vivons exclusivement par le cœur. Mais est-ce qu'on se rend compte
de cela à dix-sept ans? L'amour, si toutefois on en
est déjà arrivé à penser à cela, on s'imagine qu'il
suffit de rapprocher un homme d'une femme pour
le faire naître. Quelle déception, quand on se trouve
soumise aux... familiarités d'un quadragénaire blasé
ou habitué aux pires dépravations, qui ne voit bientôt
en vous qu'une ménagère ou une nourrice, mais qui
a sa vraie femme en dehors de la maison.

Oui, ma chère, c'est ce qu'on ne tarde pas à dé-
couvrir, même si les indiscrétions calculées des
bonnes amies ou des jeunes soupirants ne nous
l'apprenaient pas. Sans rien savoir de la vie, sans
rien encore connaître de l'amour, un sentiment
confus d'amour-propre vous fait estimer à une haute

valeur le sacrifice que vous avez fait à un homme de vos sentiments, de votre beauté, de votre pudeur, et vous attendez de lui une reconnaissance mêlée de respect et de tendresse qui peut être le commencement de l'amour. N'est-ce pas aussi la compensation de la vraie humiliation que l'on ressent au sortir de cette dégradation à laquelle nous avons parfois la bêtise d'aspirer... avant de la connaître ? En tout cas, je le sais maintenant, ce peut être la source d'un plaisir, matériel si l'on veut, mais naturel, puisque le Créateur en a ainsi décidé. Eh bien, que peut ressentir une jeune femme, quand ce respect, cette tendresse, cette compensation, ce plaisir, auxquels après tout elle a droit, son mari va les prodiguer à quelque coureuse aux caresses vénales, et à la fidélité douteuse ?

Ce serait odieux, si ce n'était pas si ridicule. Mais c'est qu'ils croient encore cacher leurs infidélités, et sauver, comme ils disent, les apparences ; de sorte qu'on a bien de la peine à s'empêcher de rire, en les voyant si sûrs d'eux-mêmes, de nous et de leur secret. Et, de même qu'ils s'imaginent avoir dissimulé leur trahison, ils se croient béatement les maîtres exclusifs de leur faux ménage. C'est ainsi que le comte d'Ecorcheville ignore seul, quand toute la ville le sait, qu'une certaine Flora, qui doit lui être chère à un double titre — car elle lui dévore à belles dents sa fortune — le trompe odieusement avec un des lieutenants du régiment, le chevalier d'Aurillac. Et voilà pourtant où j'en suis !

Mais le mépris n'est-il pas le préservatif de la jalousie?

Décidément, c'est plus difficile à dire que je ne le croyais. Je me vois accumulant les détails, cherchant des excuses, retardant l'aveu... Mon Dieu ! il faudra toujours bien en arriver là ! Autant te le dire tout de suite, brutalement, quitte à s'expliquer après. Eh bien ! oui, je suis devenue une femme comme la plupart des autres ; j'ai fini par m'apercevoir que j'avais un cœur, et que mon mari n'avait pas su le gagner ; son abandon m'a froissée, faute de me chagriner peut-être ; enfin je lui ai rendu la pareille ! Et encore avec usure. Mon complice... Mais vrai : cela mérite quelques explications. C'est égal, si un sorcier m'avait prédit, il y a dix ans, ce qui m'arrive aujourd'hui...

Je crois t'avoir raconté mon mariage, et tu sais comme quoi le comte d'Ecorcheville avait cru me faire un grand honneur en me témoignant un empressement..... tout charnel. Après le premier étourdissement, au bout des quelques mois qui me furent nécessaires pour m'habituer à ma nouvelle condition, des indiscrétions, probablement calculées, me firent savoir que je ne jouais, auprès de mon mari, que le rôle de doublure, comme on dit, paraît-il, au théâtre, et que précisément le chef d'emploi était une nommée Flora, actrice au théâtre de la ville, qui, si elle n'avait pas le talent des célébrités parisiennes, en avait du moins l'insatiable appétit. Mais alors, me demandais-je, pourquoi mon mari se

croit-il engagé à feindre auprès de moi un empressement dont l'autre aurait dû se montrer jalouse?

Un peu de réflexion me fit comprendre qu'il s'ima-
ginait ainsi m'endormir, éloigner les soupçons, et
surtout s'épargner les reproches que j'aurais pu lui
faire en voyant dévorés par une Flora les deux millions que je lui avais apportés en dot. Il est vrai qu'il
n'y en avait plus qu'un à dévorer, attendu que l'autre
avait servi à payer ses dettes de jeune homme. Mais
j'ignorais alors ce détail. Depuis, mon père qui partageait mes craintes me l'a avoué, et, en plus, qu'il
lui avait fallu, pour mener à bien la déplorable entreprise de mon mariage, doubler en effet la dot que
le futur trouvait probablement insuffisante pour
compenser la mésalliance.

C'est alors que je ne me fis nul scrupule d'employer les mêmes ruses que... l'adversaire. Il me fut
facile de continuer mes habitudes pieuses du couvent; je le fis même d'abord sans calcul, trouvant
encore dans la religion une sorte de consolation.
Mais je ne tardai pas à voir le parti que j'en pouvais
tirer: assidue aux offices, pratiquant régulièrement,
je fis comprendre que certain plaisir — puisque
c'était un plaisir — était incompatible, en des épo-
ques déterminées, avec les prescriptions de l'Eglise,
et même, que son ajournement rentrait dans la
catégorie des privations méritoires. Le succès facile
que j'obtins dans cette occurrence m'encouragea: j'en
devins d'autant plus assidue à l'Eglise, et cela ne
souleva aucune difficulté, parce que notre position

sociale comportait précisément ce genre de manifestation : il était enjoint aux familles nobles ou
riches de donner l'exemple des pratiques religieuses.

Sur ces entrefaites, il y a deux ans environ, Monseigneur envoya dans la paroisse un nouveau
vicaire, l'abbé de Gratepanse. Trente à trente-deux
ans, brun, grand, bien bâti ; au bout de quelque
temps, je ne pouvais m'empêcher de me l'imaginer
revêtu du brillant uniforme des chasseurs, sous
lequel il me semblait qu'il aurait représenté un de
nos plus beaux lieutenants. Cependant, il avait bien
la physionomie d'un prêtre, la bouche un peu
serrée, le regard un peu voilé ; mais non hypocrite-
ment ; avec des regards coulés en dessous et vivement réprimés ; ses paupières, volontairement
baissées, cachaient obstinément une prunelle pleine
d'un feu qu'il dissimulait sans défaillance. Nul
n'aurait soupçonné l'ardeur dont brûlait intérieure-
ment ce cœur que le devoir, plus fort que la nature,
faisait croire au monde insensible.

J'ai l'air de bien le connaître, d'avoir pénétré le
secret de ce caractère étrange ; tu vas me demander
pourquoi je m'attarde à tracer ce portrait ; tu voudrais
savoir... Eh bien, oui, Claire, et je sens que j'ai du
plaisir à te l'avouer tout de suite... C'est lui ! !

Comment s'est faite entre nous cette entente ?
Comment a pu se réaliser cette union de deux cœurs
vierges ? Car mon cœur au moins était aussi vierge
que le sien ; aucune tentation n'avait jusqu'alors
troublé la sérénité de la jeune fille, surprise mais

non charmée par les enseignements de son mariage.
Tiens ! c'est mal ce que je vais te dire ; mais, en me
rappelant cette heure de ma vie, je ne puis m'empêcher de croire que Dieu lui-même, à qui tout
obéit dans la nature, nous avait à l'avance destinés
l'un à l'autre.

Mais un prêtre ! ! Avec nos idées et nos habitudes,
avec notre éducation du couvent ?... Justement, ma
chère ; je ne me défiais pas ; je ne l'envisageais
d'abord que comme un directeur de conscience, puis
un conseiller dans les cas difficiles ; tu sais, si pure,
si honnête que l'on soit, on a ses mauvaises pensées
parfois, ses anxiétés, ses doutes — ce que les bonnes
sœurs appelaient les tentations du démon ; ce que
l'expérience et la réflexion m'ont fait reconnaître
comme des élans naturels, légitimes même, et que
l'on ne peut sérieusement réprimer que quand on
n'a pas encore commencé à les connaître. Tu ne me
parles jamais de toi, et je suppose que tu as persé-
véré dans ta vie chaste et solitaire ; et alors tu
n'éprouves guère de difficultés à vivre ainsi ; tu n'as
à lutter que contre des idées, des intuitions, des
espérances confuses... Mais celle qui a entrevu les
joies mondaines, et qui en sait assez pour deviner le
reste... Je ne sais pas s'il existe des femmes qui ont
résisté dans de semblables circonstances ; mais,
s'il y en a, je les envie... ou plutôt non, je les
admire !

J'avais entendu parler du « coup de foudre ». J'en
riais ; cela me paraissait si invraisemblable. J'y

voyais une invention des jeunes gens pour excuser
leurs folies. Eh bien, un jour; — un directeur,
n'est-ce pas, on doit tout lui dire ? — j'avouais des
pensées coupables, oh! bien involontaires; et je
sollicitais un dérivatif plus puissant que la prière...
Albert (il s'appelle Albert!), Albert se leva à demi
sur sa chaise; son front s'était couvert d'une rougeur
épaisse, son œil brillait... tiens! d'une lumière
électrique; je ne peux pas mieux dire... Cet éclair
me traversa toute; c'était si intense, si puissant, que
je sentais une langueur m'envahir, et toute volonté
s'anéantir en moi..... Puis soudain, sa paupière
s'abaissa, rigide; il devint tout pâle, se rassit d'un
mouvement saccadé, et me dit, d'une voix sèche et
rude :

— Continuez, ma fille.

Ma fille! pour la première fois, ce mot me sembla
étrange. Après tout, c'était un homme; je l'avais
senti, à quelque chose que je ne saurais dire; et un
homme aussi jeune que moi. Ah! oui, va, il l'a bien
prouvé, il me le prouve bien tous les jours. Il a la
naïveté d'un enfant. Il en a les timidités, les remords. Il en a eu les hésitations, tellement que,
jeune fille, je n'aurais pas succombé; mais, femme,
je l'ai involontairement guidé vers un dénouement
que je prévoyais mieux que lui. Je savais où nous
allions, moi; et j'avais beau m'en défendre, je le
souhaitais; j'ai peut-être provoqué l'aveu, tant je
l'attendais. Et je ne sais quel pressentiment secret
me révélait à l'avance les voluptés que le mariage

même nous refuse, quand l'amour n'est pas de la partie.

Je suis un peu honteuse d'entrer dans ces détails, et je n'irai pas plus loin. J'ai peut-être même été déjà trop loin! Tu pardonneras à une pauvre femme qui avait bien longtemps attendu pour se compléter, si elle se complaît outre mesure dans le tableau de sa félicité. Car c'est encore bien récent, ma Claire; il n'y a pas deux ans que mon éclosion s'est faite, et j'avais vingt-cinq ans que je vivais encore à l'état de chrysalide. Tu vas me trouver trop... poétique; mais je t'assure que cette image est bien vraie, et qu'une femme qui n'a pas aimé n'a réellement pas accompli toute sa destinée. Amante et mère! telle est la loi que la providence nous a imposée; et je ne sais pas trop si je ne me désespérais pas autrefois, au dedans de moi-même, de n'être devenue ni l'une ni l'autre.

Mais, vrai, voilà assez de lyrisme. J'avais sans doute besoin de m'épancher avec toi, tant je me sens heureuse. Je vais maintenant continuer mon récit terre à terre, comme il convient entre deux bonnes amies. Je n'ai pas besoin de te dire que mon mari ne se doute de rien. A moins que... comme moi par exemple... il ne se trouve suffisamment consolé, et justifié... Mais non! il a trop bien le calme de la force, la suffisance du maître absolu, la conscience d'avoir rempli congrument son devoir, la certitude que ma nature... inférieure a trouvé dans les pratiques d'une religion étroite les seules satisfactions dont elle eût besoin. D'autre part il est parfaitement heureux avec sa Flora, dépense sans compter ce qui lui reste pour la satisfaire, et même... ce qui est le comble de l'infatuation, se réjouit d'avoir un enfant, un successeur à qui transmettre son titre et son nom.

Oui, il en est arrivé à supporter pendant un bon quart d'heure les cris aigus du petit vicomte, qui s'annonce déjà passablement volontaire — en quoi il va jusqu'à trouver qu'il lui ressemble. Au milieu de ma joie — car, tu sais, au premier moment j'ai été très joyeuse ; dame ! j'avais peur de n'être pas bâtie comme tout le monde ; et maintenant je vois bien que c'est mon mari qui est trop usé — au milieu de ma joie, j'avais bien quelque appréhension. Après neuf ans de stérilité, comment allait-il prendre la chose ? Eh bien, il l'a, ma foi, prise du bon côté. J'ai su même que sa fatuité naturelle avait reçu satisfaction. Il disait, paraît-il, à qui voulait l'entendre, que c'était de ma faute, et qu'il m'avait épousée trop jeune. Enfin, ajoute que j'ai gagné à cet événement ma tranquillité absolue ; monsieur le comte, content d'avoir enfin un héritier, ne prive plus sa Flora de quoi que ce soit en ma faveur.

Ces confidences m'ont entraînée à revenir sur ces deux dernières années. Tu vois que je me suis confiée à toi sans détour. Peut-être vas-tu me prendre pour une... dévergondée qui a jeté par dessus bord la pudeur, l'honnêteté, la conscience... que sais-je ? Si tu as si peu que ce soit conservé les principes qu'on essayait de nous inculquer il y a dix ans, il me semble que tu dois penser ainsi. Eh bien, j'y suis arrivée sans doute par étapes, lentement insensiblement, car, à moi, tout cela me paraît naturel. Je n'ai ni regret ni remords ; je trouve que j'étais dans mon droit. Aimer un homme d'abord, un enfant ensuite, n'est-ce pas là le lot d'une femme en ce monde ? Et en quoi les convenances sociales, les liens formés par des parents aveugles auraient-ils le droit de m'en priver ?

Et tout cela, pas bêtement et lourdement comme mon mari, je m'en vante. Personne, surtout lui, n'a pénétré dans ma vie intérieure ; on m'envie ma maison tranquille, mon mari pas gênant, mon fils bien venant, et ma sérénité ; car je suis devenue au milieu de tout cela une solide commère, assez forte et bien portante ; tu me l'avais, je crois, prédit autrefois en voyant ce bel appétit que je n'ai pas perdu du reste, et qui fait l'étonnement d'Albert toujours un peu timoré, l'envie du comte qui devient dyspeptique, et l'admiration des indifférents qui n'y voient que le témoignage d'une bonne conscience.

TROISIÈME CARILLON

Le comte d'Ecorcheville à Monsieur de la Souche des Charmes.

9 décembre 1900.

Mon vieil ami, décidément c'est la fin ! C'est-à-

16

dire, le commencement de la fin, car j'espère bien avoir encore pas mal d'années à vivre. Et, quoique tombé, un peu prématurément peut-être, dans la vieillesse, je recueille le fruit de mes sages combinaisons, et me suis fait, comme tu vas le voir, une existence encore assez supportable.

Cependant, il faut avouer que j'ai dû renoncer aux femmes. Radicalement. Il ne m'en coûte pas, c'est vrai; car je n'éprouve plus, à leur égard, que des regrets purement platoniques; elles ne me sont, comme on dit, que comme des noisettes pour ceux qui n'ont plus de dents. Mais, tu me connais; tu te rappelles que j'ai toujours su raisonner mes passions et mes actes; je déploie à ce sujet cette bonne et sage philosophie qui a toujours été une de mes qualités.

Tu voudras probablement savoir comment cela m'est venu. Mais, le plus naturellement du monde, sans grand effort. Peut-être pourrait-on ajouter seulement qu'un peu de fatigue y a aidé; j'avais en effet précipité passablement les choses, et je serais de la sorte arrivé plus tôt que d'autres au bout de mon rouleau. C'est si vrai que mes forces vitales ont pris leur expansion dans un autre sens; je suis devenu gourmand, et sous ce rapport j'ai toute satisfaction. Ma femme a pris ce nouveau désir en considération, et me fait faire de bons petits plats épicés, que j'arrose avec les vins les plus chauds du Midi. Mais je te parlerai tout à l'heure plus au long de cet ange gardien — une vraie perfection, tu sais !

— que j'ai si intelligemment, je peux le dire, dressé
au service de ma vieillesse.

Cette rupture avec Flora a eu encore une heureuse
conséquence. Croirais-tu que des imbéciles, comme
il y en a partout, avaient essayé de m'inspirer quelques doutes sur la fidélité de cette pauvre femme ;
on l'accusait d'entretenir des relations secrètes avec
un de nos capitaines, le petit d'Aurillac, un gentil
garçon de la conduite la plus régulière, et un de
mes amis par-dessus le marché. Les choses en étaient
venues au point que, sans la différence des grades,
nous aurions très bien pu finir par nous couper la
gorge. Eh bien, Flora devenue libre, d'Aurillac aurait dû me succéder, n'est-ce pas ? et alors la chose
eût été claire. Loin de là, sa conduite a toujours été
la même ; il a continué à fréquenter à titre d'ami le
boudoir de Flora, comme par le passé, et c'est un
banquier de la ville qui a pris ma succession. Il est
vrai que d'Aurillac est sans fortune, mais il aurait
probablement pu trouver quelque argent, sur un
oncle à succession hypothétique ; hypothétique est
le vrai mot !

Néanmoins cette sotte affaire a été, en quelque
façon, la cause indirecte de mon changement d'existence. Je ne sais si la jalousie que l'on avait essayé
de m'inspirer contre d'Aurillac m'avait entraîné à
témoigner à Flora plus d'empressement que d'habitude, mais un commencement de paralysie, un
« avertissement », comme on dit, vint m'atteindre
juste au plus beau moment peut-être de ma carrière

amoureuse. Je fus quelque temps à m'en remettre,
mais actuellement il n'y paraît plus, sauf, comme
je te l'ai dit, au point de vue de mes passions qui
ont complètement changé d'objet : non seulement
les femmes me sont devenues absolument indiffé-
rentes, mais un perdreau truffé, arrosé de quelques
verres de pomard, les remplace avantageusement.
Ajoute que, moyennant un bon somme après
chaque repas, je digère tout cela on ne peut mieux.

Seulement il a fallu lâcher la vie active. J'espérais
pourtant bien finir colonel, et même, avec un peu
de chance, arriver aux étoiles ; mais on a indigne-
ment exploité contre moi cette soi-disant apoplexie,
et j'ai, ma foi vu le moment, mon cher, où on allait,
sous prétexte de santé, me retraiter simple chef
d'escadron. C'est là que les Révérends Pères m'ont
encore une fois été bien utiles ; ils ont si bien
manœuvré que, pour faire avancer quelque favori de
ministre, on m'a fait entendre que, en acceptant sans
délai ma retraite, je serais promu lieutenant-colonel.
Tu comprends que dans le civil, on m'appelle toujours « colonel » par courtoisie.

Me voilà donc définitivement installé dans le
grand hôtel patrimonial de la rue Saint-Victor. Le
colonel comte d'Ecorcheville est encore un personnage dans ce petit endroit. Comme la marche m'est
un peu pénible, les principaux habitants de Belleville se réunissent presque tous les jours chez moi ;
on y fait la partie de cartes ; on y fume de bons
londrès, qu'on arrose avec quelques verres d'un

excellent Montrachet, dont j'ai soin d'avoir toujours provision dans la cave; et, le soir, mon petit vicomte qui va sur ses treize ans vient me tenir compagnie; je lui apprends le blason, je lui raconte les alliances des Ecorcheville; en un mot, je le prépare à porter à son tour les destinées de ma maison. C'est un charmant enfant, qui me ressemble beaucoup; seulement il est peut-être trop doux, trop timide, et semble ne pas faire assez de cas de sa naissance. Cela lui passera avec l'âge.

Ah! les jeunes gens d'aujourd'hui sont bien heureux. D'abord ils sont jeunes, et nous ne le sommes plus. Ensuite l'avenir se prépare bien pour eux. De l'avis général, il est impossible que le Gouvernement actuel dure bien longtemps; l'esprit public commence à revenir sur le compte de la démocratie; on ne va pas tarder à comprendre que la vieille noblesse de France a seule conservé les traditions d'ordre et de régularité qui assurent la prospérité du pays. Du reste, le clergé est admirable; il a pour nous la considération qu'il sent nécessaire, donne à nos enfants l'éducation, et même les suit dans la vie, les fait avancer, les protège, de façon à conserver dans l'avenir à la classe supérieure tout son prestige et toute sa force.

Mon petit Albert — il s'appelle Albert — j'ai tenu à ce que l'abbé de Gratepanse, le directeur religieux de ma femme, fût son parrain; c'était, je crois, un prêtre destiné à devenir quelqu'un. Et dire que ma femme avait comme une velléité de s'y opposer;

mais j'ai eu bientôt fait de lui faire entendre raison. Mon petit Albert, disais-je, grâce aux prêtres, relèvera la maison ; car, il faut bien que je l'avoue, sur un point seulement le hasard a déjoué mes calculs. Le père Millerault n'était pas aussi riche que nous l'avions cru, ou bien il a compromis sa fortune dans quelque mauvaise spéculation ; la conclusion, c'est que, hormis mes dettes de jeunesse payées, ma mésalliance ne m'a pas rapporté grand'chose. Après ma rupture avec Flora, j'ai voulu me rendre un compte exact de ma situation ; et c'est à peine, au dire de mon notaire, maître Grattelard, si je possède aujourd'hui quinze mille francs de rente. Heureusement je ne doute pas que les Révérends Pères ne fassent faire un riche mariage au vicomte.

Il aurait, en bonne justice, dû compter pour cela sur son parrain. Mais c'est vraiment la plus drôle d'aventure... Croirais-tu que ce farceur d'abbé de Gratepanse était de bonne foi ! J'ai dû te parler de sa réputation de sévérité ; il passait pour avoir été forcé de donner sa démission d'aumônier des sœurs parce qu'il était trop sévère pour elles. Eh bien, mon cher, son état de prêtre séculier lui a paru probablement insuffisant pour faire son salut. Un beau jour, il a tout quitté pour entrer dans un couvent de Trappistes. Mais un vrai, tu sais, pas celui où on fabrique des liqueurs.

Maintenant, tu vas me demander, toi qui me connais, comment j'ai pu réduire mon train de vie en rapport avec la diminution de mes revenus. On

voit bien que tu ne connais pas la vie de province !
Avec quinze mille francs par an, sans compter ma
retraite, je vis très à l'aise. D'abord nous n'avons
pas d'équipages ; moi je ne sors pas ; ma femme et
mon fils sortent à pied ; la ville n'est pas si grande !
Pas de toilette, sauf Blanche qui est toujours bien
mise ; mais elle est si adroite ! je crois bien qu'elle
fait faire ses robes et ses chapeaux à la maison.
Reste la table, qui est devenue ma grosse dépense,
mais à Belleville les denrées ne sont pas trop chères,
à ce qu'il paraît ; et le fait est que ma table est toujours abondamment garnie.

Comprends-tu maintenant, mon vieux camarade,
qu'un homme d'esprit peut se tirer aisément de
toutes les difficultés de la vie ? Je ne me suis refusé
aucune jouissance, tout en sachant conserver la fidélité et l'obéissance de la part de ma femme. J'ai su
la dresser si bien qu'elle a été successivement une
compagne agréable, une bonne mère de famille, et
finalement une ménagère incomparable. Oui, mon
cher, c'est grâce à elle, c'est grâce aux talents
que je lui ai fait acquérir, que tout marche si bien
dans la maison avec de modestes ressources. En
vérité, j'en suis arrivé presque à l'admiration. Je ne
sais pas comment elle s'y prend ; non seulement
rien ne nous manque, mais encore il n'y a pas une
maison riche dans Belleville qui puisse rivaliser
avec la nôtre. Tout ce que l'on peut dire, pour
rendre un peu plus facile à comprendre ce phéno-
mène, c'est que l'aristocratie de la ville et des envi-

rons s'abstient systématiquement de toute dépense
d'apparat, afin de bien faire comprendre aux fournisseurs qu'il n'y aura jamais pour eux rien à
gagner tant que nous serons en République.

Quand tu rentreras en France — et il faudra bien
que cela arrive un jour ou l'autre; la vieillesse
viendra aussi pour toi! — viens donc enfin me voir
à Belleville. Nous rappellerons nos souvenirs de collège, nos escapades d'adolescents, et nous boirons
ensemble quelques verres de Bourgogne comme on
n'en trouve pas partout; il paraît que le bonhomme Millerault était devenu collectionneur en ce
genre.

Mais, par-dessus tout, tu verras que je ne t'ai pas
trompé; j'ai la maison la plus agréable et le service le plus confortable de toute la ville. J'ai un intérieur très doux, une femme et un fils presque
tendres. Si Blanche n'est pas plus expansive, c'est
un peu parce que je ne l'ai pas voulu; pour garder
toute ma liberté, comme il convenait, j'ai dû toujours la tenir un peu à distance; et tu comprends
que cela valait mieux autrefois. Mais, au fond, elle
m'aime et me respecte; et si elle a besoin d'expansion elle s'épanche avec son fils, qu'elle considère
comme un autre moi-même.

Du reste, on peut dire que c'est la reine de Belleville, dont mon hôtel d'Écorcheville est du reste
la première maison. Grande, un peu forte même,
mais de la plus belle santé possible, une vraie
grande dame au milieu de ce monde un peu mêlé

que leur fichue République nous a fait, en un mot
représentant parfaitement, quoique fille d'un simple
banquier, l'aristocratie où je l'ai fait entrer — voilà
pourtant ce que j'ai su faire de la petite échappée
de couvent, de la petite niaise dont je t'ai fait, il y a
vingt ans, le fidèle portrait.

*
* *

La comtesse d'Ecorcheville à Mademoiselle
Claire Bernier.

Janvier 1901.

Ma chère Claire, quand pourrons-nous enfin nous
retrouver ensemble ? N'auras-tu pas bientôt acquis
le droit de jouir de ta liberté, et réalisé la petite aisance nécessaire pour prendre le repos qui t'est
bien dû ? Si je ne te connaissais pas si fière, je te
dirais bien volontiers de venir finir tes jours en paix
auprès de moi ; l'état de ma fortune est suffisant
pour me permettre ce qui serait pour moi un bonheur inespéré. Et même, s'il n'était pas bien près
de devenir un grand garçon, j'aurais eu tant de
plaisir à te confier l'éducation de mon petit vicomte.
Mais Albert va bientôt avoir treize ans, et je le
destine à l'Ecole Polytechnique ; ce n'est pas notre
instruction du couvent qui fait des professeurs de
mathématiques !

Je n'ai pas besoin d'ajouter que monsieur le comte
d'Ecorcheville, qui après tout est son père... légal,

se contenterait bien de le voir entrer à Saint-Cyr,
dont l'examen est plus facile, et qui suffit à former
des officiers de cavalerie, seule arme dit-il qui con-
vienne au rejeton d'une famille noble. Tu vas me
trouver peut-être bien effrontée, ou maladroite, de
dénigrer une classe sociale dont, après tout, je fais
partie; mais mon père qui était payé, ou plutôt
qui avait payé pour bien les connaître, et qui sur
ses derniers jours était revenu de bien des choses,
m'a expliqué les origines de la plupart de ces grandes
familles. Et c'est si drôle, l'importance qu'atta-
chent à leurs noms et à leurs titres ces fils ou ces
petits-fils de bourgeois ou de paysans! Figure-toi
que, presque tous, ils ont ajouté à leur nom de
famille le nom de la ferme ou du village où ils sont
nés, et acheté à Rome le titre dont ils s'enorgueil-
lissent. Mais le monde est ainsi fait; Albert un jour
sera le plus authentique des comtes et cela aidera
à son avancement.

Tu t'impatientes! Je ne te parle que de mon mari,
de mon fils, et c'est sur un autre point que ta curiosité est éveillée. Tu voudrais enfin savoir ce que
mon beau roman est devenu. Eh bien, ma chère, il
a fini comme tous les romans finissent. Ou plutôt
non; autrement tout de même. Sauf pour moi;
j'y pense quelquefois, comme au plus beau temps
de ma vie; je le regrette, c'est vrai; mais je me
résigne, et assez aisément. C'était trop beau pour
durer, mais le souvenir en est doux. J'aurai, durant
quelques années, connu la vie, la vie complète

d'une femme; j'aurai aimé et j'aurai été aimée;
j'aurai accompli ma destinée.

Lui, le pauvre ami, c'est différent! il avait fait un
vœu, et il y avait manqué. Consciencieux et honnête comme il l'était, le remords gâtait bien souvent tout son plaisir. Je l'en aimais davantage, en
le voyant souffrir, et je devenais ainsi la cause involontaire de nouvelles chutes, accompagnées des
mêmes transports, suivies des mêmes désespoirs.
Enfin le devoir chez lui parla plus haut que l'amour
et, chez moi, l'amour de l'enfant allait chaque jour
grandissant, au fur et à mesure que je sentais
l'autre amour se transformer en je ne sais quelle
pieuse tendresse que, de moins en moins, venaient
matérialiser les étreintes charnelles. Cela dura
quelques mois. Il s'assombrissait de jour en jour. Je
voyais même que l'effroi, auprès de moi, succédait
au désir, et, chose étrange, sa personne reprenait
peu à peu le caractère sacré que l'amour lui avait
fait perdre. Un jour, j'appris indirectement qu'il
avait revêtu l'habit des Trappistes. J'ai compris qu'il
n'avait pas voulu compromettre sa sainte résolution
par quelque scène d'adieux où il craignait de ne pas
rester le plus fort.

J'ai pleuré. J'ai quelque temps regretté l'amour
qui m'avait rempli le cœur et qui avait donné un
sens à ma vie. Mais un autre amour, au fur et à
mesure que celui-ci défaillait, venait se substituer à
lui et m'orienter vers de nouveaux devoirs et vers
de nouveaux plaisirs. Vois-tu, Claire, je crois que

nous sommes mères avant tout, et que nous ne
sommes amantes que pour devenir mères. La nature
l'a bien sûr voulu ainsi, et je l'ai compris quand
j'ai senti peu à peu la consolation descendre en
moi en contemplant le petit Albert, quand ses baisers me réchauffaient le cœur sans me laisser de
remords, quand je voyais chaque jour grandir sous
mon aile maternelle un Albert — car c'était encore
lui ! — que je pouvais aimer sans crime et qui
répondait à mon affection sans restriction.

Ma vie, mes forces, mes espoirs se sont concentrés
en lui. Chaque jour je veille, non seulement sur sa
santé, mais sur son intelligence et sur son cœur. Il
faut qu'il devienne un homme parfait; il faut qu'il
sache rendre une femme heureuse, pour que sa
femme le rende heureux à son tour. Il sera soldat ;
oui, soldat ; il me semble que c'est la meilleure façon
de servir son pays. Mais pas un soldat de parade, un
soldat sérieux, instruit, sachant d'abord obéir, pour
apprendre plus tard à commander. Car, si un pauvre
homme — comme le comte entre nous — a pu
devenir colonel, Albert parviendra nécessairement à
être général, chef d'armée peut-être. Et, puisque les
lois, les mœurs, la nature nous interdisent d'égaler
les hommes par les emplois et les grades, c'est notre
orgueil, à nous autres femmes, d'avoir contribué à
former les hommes qui sont capables de les obtenir.

Et mon mari?... Oh! ma chère, quelle chute!
quelle ruine! Au moral, toujours le même, infatué
de sa personne, au point de croire que tout le monde

le respecte ou l'admire. Mais physiquement tout à fait déchu. Sa belle conduite a eu sa juste récompense, en ce sens qu'une attaque d'apoplexie, bien méritée, est venue interrompre cette existence en partie double qu'il croyait cacher à tout le monde, et principalement à moi, juste au moment où sa fortune réduite allait la lui rendre impossible, et au moment aussi, je crois, où sa Flora songeait à se débarrasser de lui.

En même temps, par suite de je ne sais quel marchandage, — on avait, il paraît, besoin de sa démission — on l'a retraité lieutenant-colonel, et nous nous sommes définitivement retirés dans le grand hôtel patrimonial de Belleville, dont fort heureusement le mobilier s'était assez bien conservé pendant nos absences forcées. Je dis heureusement, car l'état de notre fortune ne nous aurait que difficilement permis de le renouveler intégralement. Il a suffi de quelques réparations, en démeublant, au profit des autres, quelques pièces du premier étage, pour conserver aux appartements de réception du rez-de-chaussée leur ancienne splendeur.

Oui, ma chère Claire, de la modeste fortune de son père, des deux ou trois millions du mien, le comte n'a su conserver que quelques débris. Maître Grattelard ne lui connaît que douze à quinze mille francs de rente, selon que ses fermiers sont plus ou moins exacts à payer leur location. Nous lui avons fait croire qu'il en avait au moins quinze mille; et il est de si bon ton, à ce qu'il paraît, de ne pas s'occu-

per de ces détails, que cela a été très facile. Mais ce
qu'il y a de plus comique, c'est que ce pauvre
homme s'imagine que la tenue de sa maison, mes
toilettes, sa table qui est assez dispendieuse — car il
est devenu gourmand — tout cela est payé par ses
douze mille francs de revenu ! Et il a encore la condescendance de me faire compliment sur la façon
dont j'administre sa fortune !

Il s'imagine, et je le lui ai fait croire très facilement, que les denrées sont, à Belleville, à très bon
marché; que je confectionne mes toilettes à la maison, sinon par moi-même; que le vin qu'il boit —
et il lui en faut de très chers — existait en quanti-
tés phénoménales dans la cave de mon père. L'éducation d'Albert, la tenue de ma maison, qui est,
sans contestation, la première de Belleville, les ré-
ceptions dans son salon qui est assez fréquenté, tout
cela me coûte au moins vingt-cinq ou trente mille
francs par an, et le pauvre homme ne s'en doute
guère.

Le vrai est que mon père avait fini par perdre ses
illusions dans ses derniers jours. Il m'a même avoué
qu'il s'était trompé sur le compte de la noblesse et
de la fortune des d'Ecorcheville, et, comme ses confidences avaient fini par provoquer les miennes, il
m'a presque demandé pardon de ne pas m'avoir
consultée au sujet de mon mariage. Mais je crois,
Claire, que cela n'aurait rien changé à ma destinée.
Rappelle-toi l'éducation à laquelle nous étions sou-
mises au couvent; quelle idée pratique pouvait-elle

nous inspirer? quelle connaissance du monde y avons-nous puisée? D'ailleurs quelle volonté, quelle décision, quelle intuition même des réalités de la vie pouvais-je avoir à dix-sept ans?

Enfin, mon pauvre père a essayé de réparer le mal autant qu'il l'a pu. Il a mobilisé la plus grande partie de ce qui lui restait de sa fortune, après les brèches que, à mon insu, le comte y avait pratiquées; il m'a remis secrètement entre les mains pour plus de trente mille francs de rentes en valeurs au porteur que, avec la complicité de Maître Grattelard, je garde précieusement pour mon fils. Car on ne sait ce que durera l'engouement actuel pour la noblesse et je crois bien que, d'ici à quelque temps, il n'y aura encore rien de plus solide que l'argent.

Et puis, cette noblesse, elle est la plupart du temps si factice! J'en ai appris de belles sur le compte de l'aristocratie de Belleville, et peut-être d'ailleurs. C'est, comme je te le disais tout à l'heure, le village où ils ont été mis en nourrice qui leur a fourni le nom retentissant dont ils se parent; et leur vrai nom, ils le cachent, ou plutôt ils l'oublient complètement. Ainsi les Crapeaumesnil s'appellent Duval; les Porcquéricourt sont de simples Dumont; les Gratepanse si orgueilleux se nomment Dufossé; et le grand-père de mon mari est un Dupont, que, suivant l'usage, on appelait Dupont d'Écorcheville, du nom de la ferme qu'il cultivait, uniquement pour le distinguer de tous les autres Dupont. Cela me rappelle un petit sous-lieutenant qui nous est

arrivé un jour au régiment, portant fièrement le nom
illustre de Du Guesclin; encore celui-là avait une
espèce d'excuse, attendu que son nom patronymique
était Poirot.

Voilà, tu le vois, réduit à ses justes proportions,
l'homme qui m'était apparu jadis comme le maître
de ma destinée, et qui n'a pas su remplir son rôle.
C'est sans lui que j'ai pu l'accomplir, être amante et
mère, comme la nature m'avait destinée à l'être.
Aussi m'est-il demeuré complètement indifférent;
c'est un meuble de l'hôtel d'Ecorcheville, et j'ai le
devoir d'en avoir soin, comme de tout ce qui appar-
tient à mon fils. Comme, dans son propre intérêt,
il m'a toujours tenue à distance, il ne s'aperçoit
même pas aujourd'hui que je lui ai toujours rendu
la pareille.

FIN

Emile Colin. — Imprimerie de Lagny.

AVIS DE L'ÉDITEUR

Le but de la collection des *Auteurs célèbres*, à **60** *centimes* le volume, est de mettre entre toutes les mains de bonnes éditions des meilleurs écrivains modernes et contemporains.

Sous un format commode et pouvant en même temps tenir une belle place dans toute bibliothèque, il paraît chaque quinzaine un volume.

CHAQUE OUVRAGE EST COMPLET EN UN VOLUME

POUR LES Nᵒˢ 1 A 440, DEMANDER LE CATALOGUE SPÉCIAL

En jolie reliure spéciale à la collection, **1 fr.** le

ENVOI FRANCO CONTRE MANDAT OU TIMB

Imprimerie LAHURE, rue de Fleurus, 9, à Paris

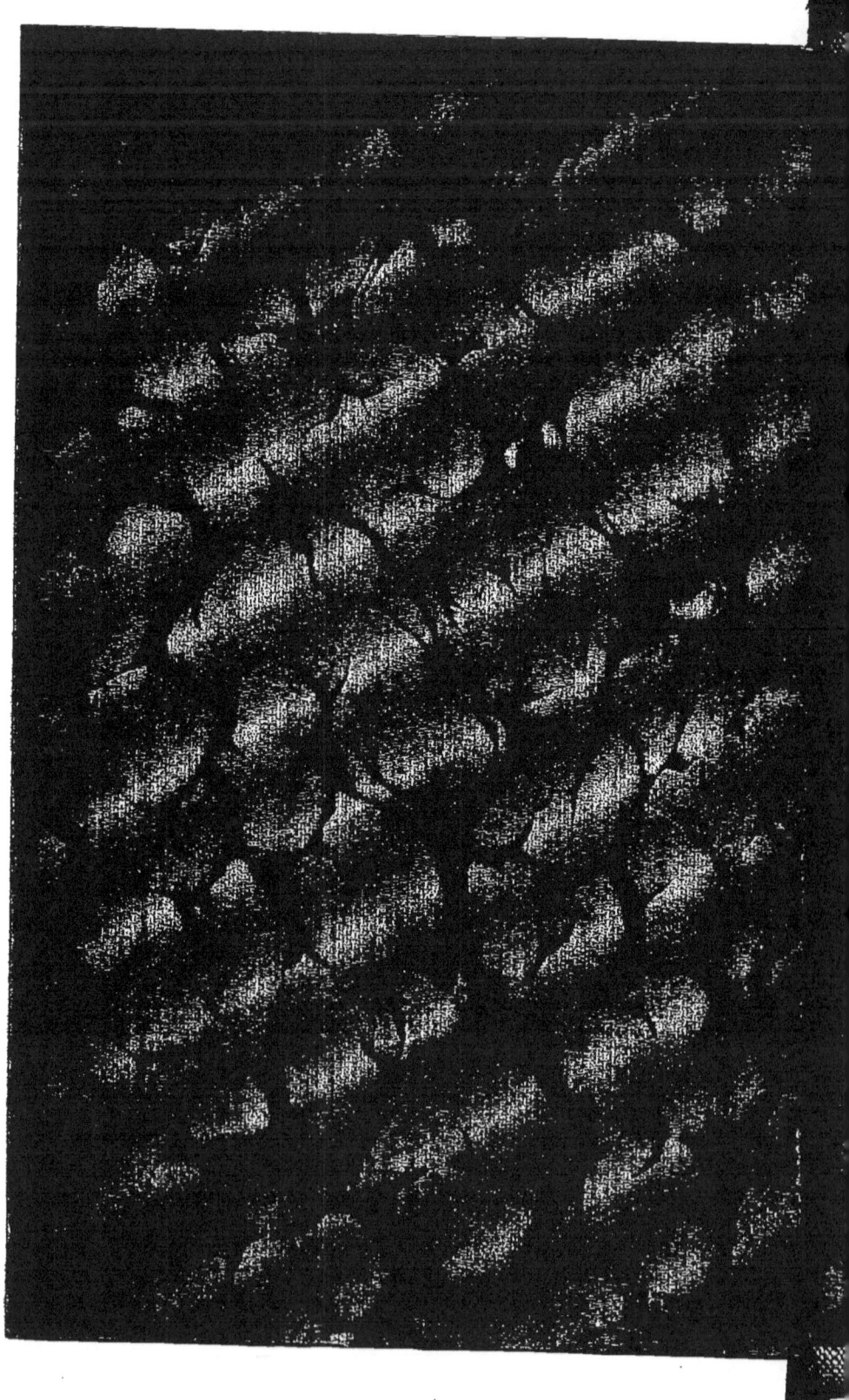

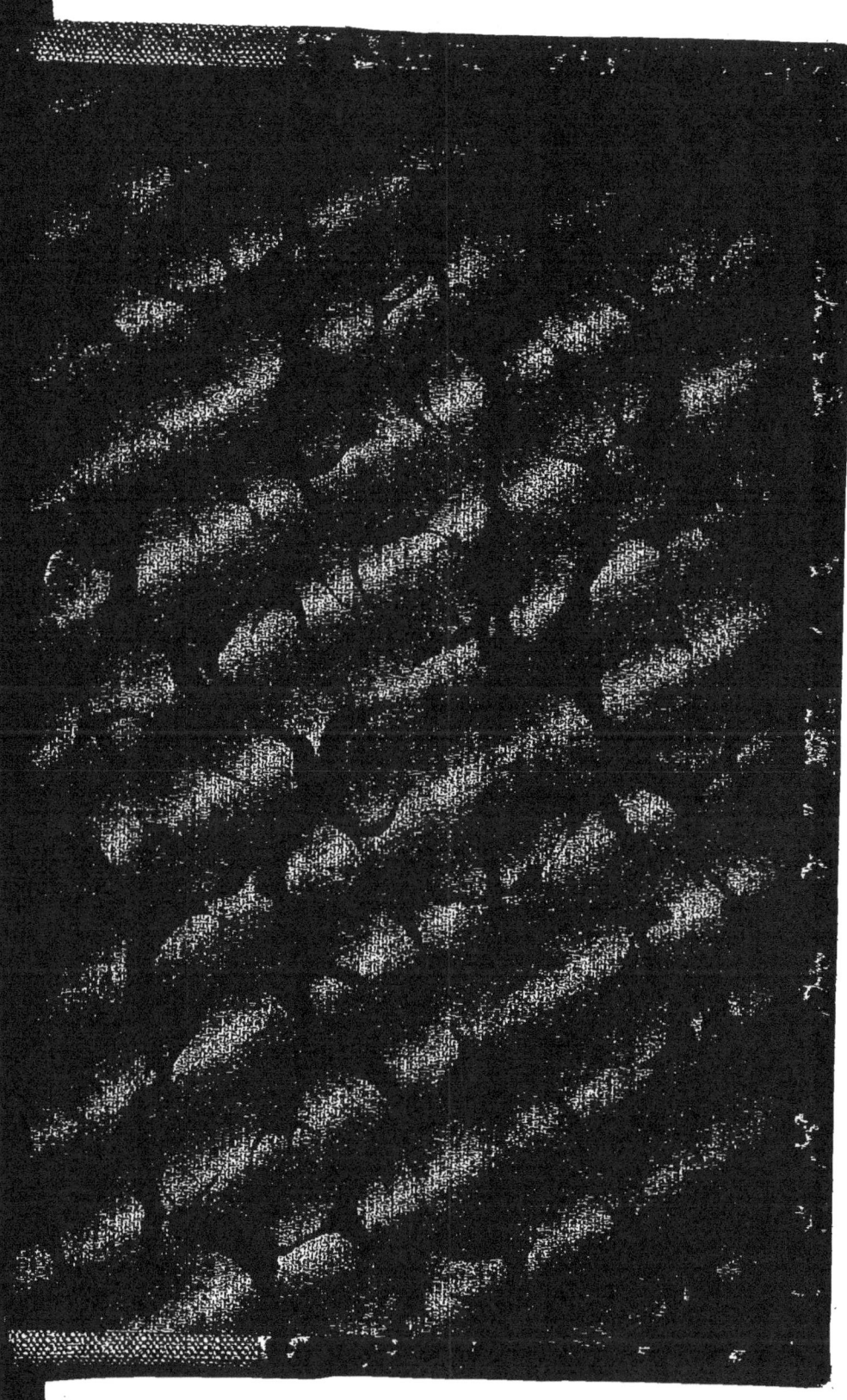

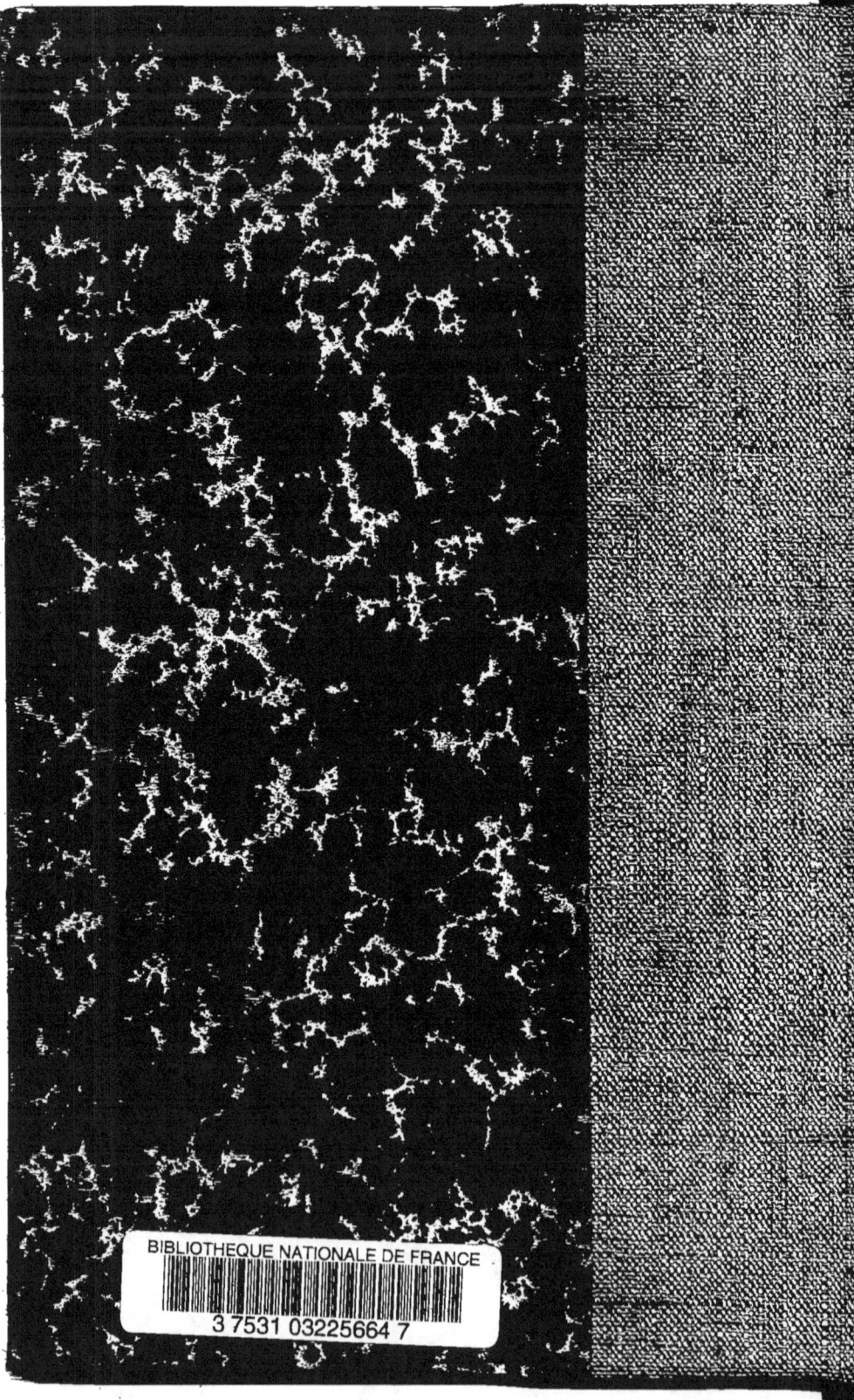

www.ingramcontent.com/pod-product-compliance
Lightning Source LLC
Chambersburg PA
CBHW070456030726
47503CB00004B/1069